KB008854

DREAMBOOKS

DREAMBOOKS★

DREAMBOOKS

박정수 판타지 장편소설

FANTASYSTORY & ADVENTURE

뱀파이어 무림에 가다

7

뱀파이어 무림에 가다 7

초판 1쇄 인쇄 / 2014년 7월 21일
초판 1쇄 발행 / 2014년 7월 28일

지은이 / 박정수

발행인 / 오영배
책임편집 / 편집부
펴낸 곳 / (주)삼양출판사 · 드림북스

주소 / 서울특별시 강북구 솔샘로67길 92
대표 전화 / 02-980-2112 팩스 / 02-983-0660
편집부 전화 / 02-980-2116 팩스 / 02-983-8201
블로그 / blog.naver.com/dreambookss

등록번호 / 제9-00046호
등록일자 / 1999년 3월 11일

값 8,000원

ISBN 978-89-542-5824-1 (04810) / 978-89-542-5304-8 (세트)

* 지은이와 협의하에 인지는 생략합니다.
* 잘못된 책은 구입한 곳에서 바꾸어 드립니다.

이 도서의 국립중앙도서관 출판시도서목록(CIP)은 서지정보유통지원시스템홈페이지(http://seoji.nl.go.kr)와 국가자료공동목록시스템(http://www.nl.go.kr/kolisnet)에서 이용하실 수 있습니다. **(CIP제어번호: 2014021609)**

뱀파이어
무림에 가다

박정수 판타지 장편소설

FANTASYSTORY & ADVENTURE

C o n t e n t s

뱀파이어 무림에 가다

Vampire

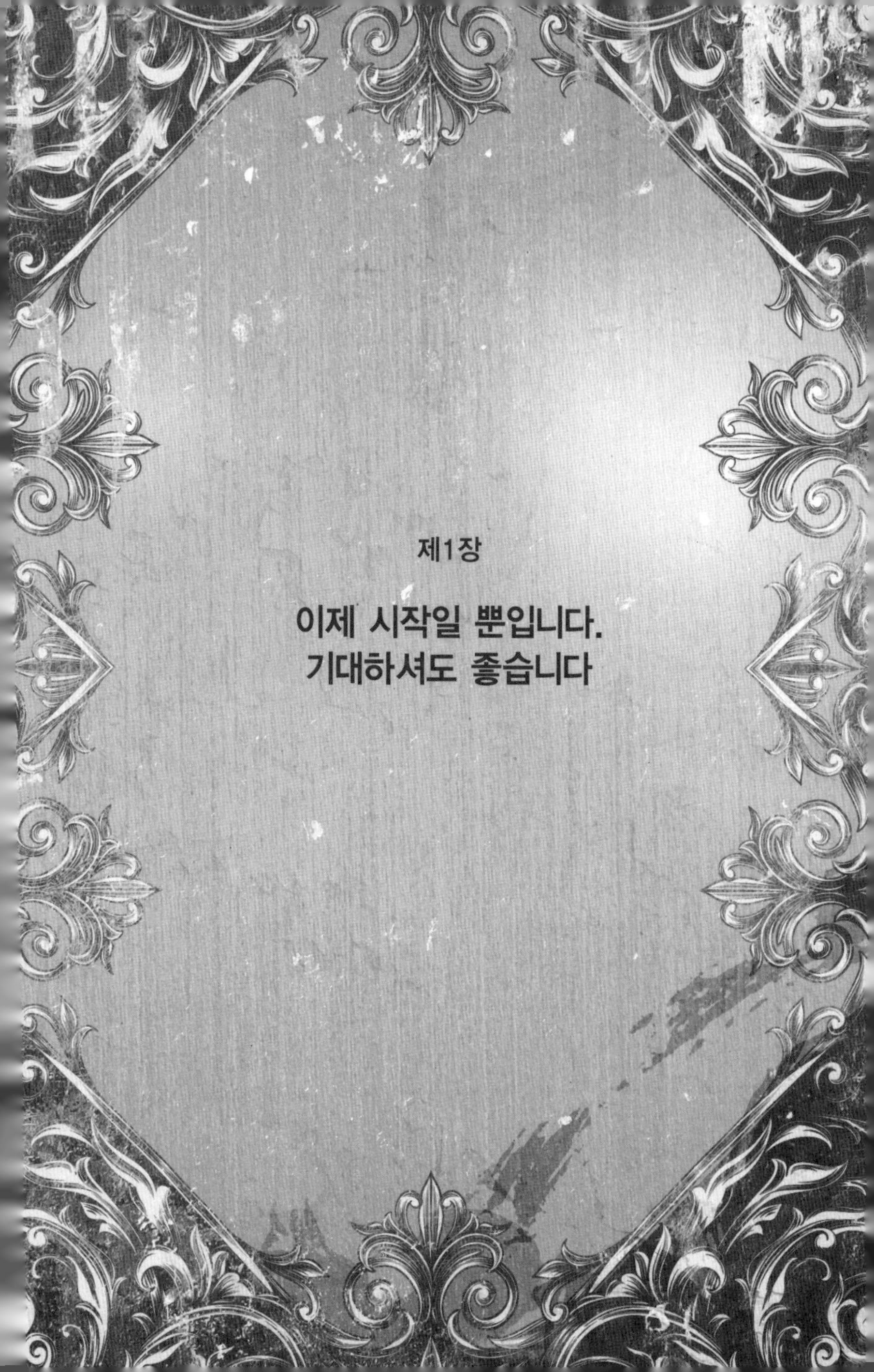

제1장

이제 시작일 뿐입니다. 기대하셔도 좋습니다

Vampire

마교 본진, 후방에 야현을 필두로 물경 오백에 달하는 이들이 포진 중이었다.

야현 바로 뒤에 서 있는 붉은 머리의 사내들.

바로 야현의 친위대인 적랑 기사단 기사들이었다.

그리고 일백 명씩 새하얀 갑옷을 입고 있는 화이트 기사단이 코스카의 지휘 하에 서 있었다. 뱀파이어 왕국 왕실 기사단이 된 화이트 기사단 중 제1 기사단만 제외한 전부를 야현이 소집한 것이다.

마교 본진과의 거리는 대략 500여 미터.

평소라면 조금 먼 거리라 여길 수 있겠지만 전쟁에서는 다르다. 바로 목 아래 칼날이 들어와 있는 것이나 다름없는 지척인 거리.

또한, 상당한 병력임에도 마교 쪽에서는 눈치를 채지 못한 것 같았다.

중원에는 없는 마법의 힘이었다.

"크리먼 단장께서 몹시 아쉬워하고 있을 겁니다."

코스카 부단장의 말에 야현이 훗 하고 짧게 웃음을 내뱉었다.

크리먼 백작은 베라칸과 함께 전장에서 언제나 어깨를 나란히 했던 전우이자 수하다. 자신도 아쉬운 마음이 드는데 그라고 다를까 싶다.

"근데 겨우 이 수로 되겠습니까?"

코스카 부단장이 뒤에 서 있는 기사들을 보며 물었다.

"주군께서 원하시면 이 몇 배에……."

"그러면 편하겠지만 재미가 없잖아. 재미가."

야현이 코스카 단장의 어깨를 툭 쳤다.

"하긴 너무 편한 전쟁보다야 목줄 간당간당한 싸움이 더 재미있기는 하죠."

코스카 부단장의 목소리에는 가벼운 흥분이 담겨 있었다.

"코스카. 말이 많다."

베라칸이 그를 나무랐다.

"됐어. 오랜만에 옛날 생각나고 좋잖아. 앉는 자리는 달라졌어도 우리는 전우 아닌가?"

야현은 코스카에게 어깨동무를 하며 그를 끌어당겼다.

"삶이란 재미있는 거 같아."

"……?"

"지금만 봐도 그렇지."

야현은 베라칸도 어깨동무로 끌어당기며 말을 이어갔다.

"본인은 이 땅에서 버림을 받았지."

야현의 눈에 회상이 담겼다.

"그리고 가벼운 마음으로 잠시 들렀지. 뜻하지 않게 수하들을 얻었고, 본인은 숨은 지배자가 되려 마음을 바꿨지. 그런데 이제 전면에 나서게 되었어. 앞으로는 어떻게 될까?"

야현은 하늘을 붉게 태웠다가 사그라지는 노을을 올려다보았다.

"이 상황이 마음에 안 드시는 겁니까?"

베라칸이 물었다.

"아니. 좋아."

야현은 베라칸을 보며 히죽 웃었다.

"즐거워. 그대들처럼."

야현은 그 둘을 좀 더 강하게 끌어안았다.

"다시 이러한 전장에, 그대들과 설 줄은 몰랐거든."

"이왕지사 이렇게 된 거. 이곳에도 왕국 하나 세우십시오."

코스카 부단장이었다.

"그러려고 이렇게 싸우잖아."

"그래도 하늘도 무심하지는 않은 거 같습니다."

"왜?"

"속하의 소원을 잊으신 겁니까?"

"전장에서 죽겠다는 말?"

"주군과 함께하는 전장입니다."

"그래도 죽지는 마."

『각 대 보고 바람.』

그때 앞에 떠 있는 검은 구슬에서 통신이 들어왔다. 야현은 둘의 등을 두들기며 뒤로 돌아섰다.

화이트 기사단 기사들은 투구를 쓰고 팬텀 홀스, 어둠의 귀마를 불렀고, 적랑 기사단 기사들은 목을 꺾거나 손목을 돌리는 등 가볍게 몸을 풀며 전투 태세에 들어갔다.

『기사단도 준비 끝났다. 시작하라!』

야현도 투구를 쓰며 팬텀 홀스, 귀마를 불러 올라탔다.

그리고 적랑 기사단 단장이지만 베라칸은 그들과 달리 투구를 쓰고 귀마에 타며 거검을 뽑아 들었다.

잠시 후.

구오오오오오오오오!

마교 본진 주위로 엄청난 마나가 끓어올랐다.

야현의 머리카락이 주뼛 설 정도로 엄청난 마나였으니 직접적으로 마주한 마교 본진은 어떻겠는가? 질서 정연하던 마교 본진이 일순간 흐트러지며 어수선함이 드러났다.

구오오오—, ……!

대기가 흔들릴 정도로 출렁이던 기운이 갑자기 사라졌다.

아니, 기운이 마치 얼어붙은 듯 굳어졌다.

짧은 정적은 곧 폭풍전야.

"준비."

야현이 말고삐를 움켜잡으며 명령했다.

그리고.

콰광! 콰르르르르! 콰과광!

다섯 야산에서 엄청난 검은 불꽃이 하늘로 치솟아 올랐다. 야산 하나에 하나의 불꽃이 아니었다.

야산에서 연속으로 솟아오른 검은 불꽃들.

한순간 솟아오른 수십 개의 불꽃들이 마교 진지로 떨어졌다.

이어진 폭음과 폭발.

콰과과과과과과과과과과광!

"가자!"

야현이 팬텀 홀스, 귀마의 배를 차며 앞으로 튀어 나갔다.

"이랏!"

"히야앗!"

두두두두두두!

그 뒤를 이어 화이트 기사단이 질주했고, 다시 그 뒤로 적랑 기사단이 달려 나갔다.

*　　*　　*

거대한 천막, 아니 군막.

야전 군막임에도 그러한 생각이 들지 않을 정도로 깔끔했다. 군막 내부 바닥에는 맨 흙바닥이 보이지 않을 정도로 양탄자가 넓게 깔려 있었고, 다시 그 위에 호피가 놓여 있었다.

그리고 마치 호랑이를 밟고 서 있는 것처럼 호피 위 태사의에 천마 천지악이 앉아 있었다.

그 앞에 마뇌와 사마가 자리하고 있었다.

"본도들은?"

심드렁한 물음.

"내일 결전을 위하여 휴식에 들어갔습니다."

장장 열흘에 걸쳐 이어진 강행군이었다.

아무리 마인들이라고 해도 정신적으로 지칠 법도 하다.

"사도련은?"

"우왕좌왕하는 모습이 역력합니다. 아무리 허울뿐인 자리라고 해도 련주의 부재는 상당히 커 보입니다."

"아—, 그자?"

별로 기억도 안 난다는 듯 천마 천지악은 대수롭지 않게 그를 거론했다.

"어째 그런 자가 본좌와 동급으로 거론된 것인지."

문득 기분이 나빠진 듯 천마 천지악은 미간을 찌푸렸다.

"별다른 움직임은 없고?"

"없사옵니다."

"이상하군."

천마 천지악은 야현을 떠올리며 고개를 갸웃거렸다.

"뭔가 움직임이 있었을 텐데."

"주군의 위엄에 눌려 꼬리를 말고 도망친 것이 아닐까 하옵니다."

검마의 말에 천마 천지악은 피식 웃으며 고개를 저었다.

"죽었으면 죽었지 꼬리를 말 인간이 아니야. 그 녀석은."

천마는 태사의 팔걸이를 손가락으로 긁으며 눈매를 가늘게 만들었다.

"뭘까? 음흉한 그자가 벌일 일이."

천마 천지악은 눈을 뜨며 마뇌를 쳐다보았다.

"만약 내일 사도련을 정리할 때 그가 본교 후미를 친다면 어찌 되나?"

"미치지 않고서야 그러겠습니까?"

권마였다.

"혹시나 하여 후방에 백마단, 청마단, 그리고 적마단을 배치해 놓았습니다."

"역시 그대는 믿음직하……."

마뇌를 향해 칭찬하던 천마 천지악이 갑자기 입을 닫았다.

퍼석!

동시에 팔걸이도 손아귀에 의해 부서졌다.

천마 천지악은 허공에 손을 저어 군막 지붕을 찢어버리며 허공으로 몸을 띄웠다. 그리고 군막 지붕 뼈대에 올라섰다.

쏴아아아!

하늘로 치솟아 오르는 다섯 줄기의 불꽃이 눈에 들어왔다. 그 불꽃은 허공에서 꺾여 마교 본진으로 떨어지기 시작했고.

콰아아아아아!

마치 꼬리에 꼬리를 물듯 불꽃들이 허공으로 비산하고 있었다.

그리고 천마 천지악이 어찌할 시간도 없이.

콰과과과과과광!

불꽃들은 마교 본진에 떨어졌고, 엄청난 폭발이 사방에서 일었다.

"으아아악!"

"크아악!"

화염류의 공격 마법에 휘말린 이들이 내는 고통에 찬 비명과 함께 마교 본진은 단숨에 아수라장으로 바뀌었다.

고통에 찬 마인들의 신음에도 천마 천지악은 고개를 돌려 한 곳을 응시했다.

"살려둘까 했는데 죽여야겠군."

천마 천지악의 눈 끝에 먼지구름을 만들며 달려오는 무리의 선두에 선 야현이 담겼다.

*　*　*

하늘로 치솟아 오른 수십 개의 불기둥.

잔혹한 비명과 함께 아수라장으로 바뀐 마교 진영.

마교 본진 중앙에 세워진 거대한 군막. 알아보지 않아도 천마 천지악의 군막일 것이다.

'역시나.'

대형 군막을 쳐다보는 야현의 눈동자가 반짝였다.

엄청난 규모의 불덩이가 마교 본진에 떨어지기 직전 군막

위로 한 인물이 튀어올라 왔다.

천마 천지악.

거리가 멀었지만 야현은 충분히 그를 알아보았다.

그리고 눈이 마주쳤다.

'그래, 그래야지. 그래야만 해!'

쐐애애액!

야현은 야월로 허공을 베며 특유의 웃음을 히죽 지었다. 그리고 질주하는 귀마의 말고삐를 더욱 강하게 움켜잡으며 배를 찼다.

푸히이이잉!

귀마는 거친 투레질을 터트리며 더욱 빠르게 마교 본진으로 내달렸다.

『명심하라. 작전명, 스톰. 그 이상, 그 이하도 아니다. 알겠나?』

야현의 강렬한 명령에.

『명!』

『명!』

『충!』

『충!』

제각각의 복명복창.

그렇지만 단 하나의 음으로 단결력을 보여 주었다.

"차징!"

코스카 부단장의 짧은 명에.

척 척 척 척!

화이트 기사단 기사들은 마창용 창을 어깨에 견착시켰다.

그리고.

"가자!"

야현은 야월을 높이 쳐들며 소리를 내질렀다.

"우와아아아!"

"죽여라!"

야현의 선창에 화이트 기사단과 적랑 기사단은 함성을 질러 기세를 끌어올렸다.

사백의 인마가 만들어낸 돌격진.

그것도 그냥 말을 타고 돌진하는 인마 떼가 아니다. 풀 메일을 입고 마상용 창으로 무장한 정규 기사단이다. 그걸 맨몸으로 받아야 할 마인들에게는 압박을 넘어 공포를 심어 주고 있었다.

제아무리 중원 최고의 세력인 마교의 마인들이라고 하지만 무인은 무인이었다. 대규모 군사 작전을 한 번도 경험하지 못했다는 소리다. 일사불란하게 대적을 해도 모자란 판에 겨우 제 한 몸 추스르다가 날벼락을 맞은 꼴이다. 그들의 눈에 비치는 화이트 기사단의 돌격은 마치 지옥의 군대처럼 보일 것이다.

쾅!

야현을 선두로 화이트 기사단이 마교 본진으로 돌입하는 순간 북 가죽이 터지는 듯한 파음이 터졌다.

"으아아악!"

코스카 부기사단장의 창에 한 마인의 뱃가죽이 터져나간 것이다.

그 파음은 이 싸움을 시작을 알리는 소리이기도 했다.

퍼버버버벅!

그 파음을 시작으로 마치 폭죽이라도 터지는 것처럼 연이어 파음들이 터졌다.

"으아아악!"

"크악!"

고통으로 가득 찬 비명은 그저 덤이었다.

한 차례 폭풍이 휘몰아친 것처럼 전장은 단숨에 뒤집혔다. 거센 폭풍에도 기적은 있는 법이고, 촘촘한 화이트 기사단의 돌격진에서 천운이 닿아 살아남은 마인들이 있었다.

"하아."

그런 그들을 맞이한 것은 적랑 기사단이었다.

저마다 차이는 있으나 마인들은 안도의 한숨을 내쉬며 살아남기 위해 무기를 들었다. 단숨에 머릿속에 공포가 각인될 정도로 온몸을 철제 갑옷으로 두른 화이트 기사단과 달리, 붉은 머리카락을 휘날리며 달려오는 적랑 기사단은 맨몸이었다.

"……!"

하지만 안도의 한숨도 잠시.

"크르르르!"

"크하아아앙!"

두 다리로 달리던 적랑 기사단 기사들이 양팔을 바닥으로 내리며 짐승처럼 달리기 시작했다.

아니, 짐승이 되었다.

그들은 윤기 나는 붉은 털의 거대한 늑대로 변신한 것이다. 마인들의 눈동자가 흔들렸다. 늑대지만 늑대가 아닌 그들의 흉폭한 이빨과 발톱 때문이었다.

"크헙!"

너무 놀라 경직된 몸으로 헛바람을 들이마시던 마인의 두 눈에 한 붉은 늑대 인간의 흉측한 노란 눈동자가 가득 들어왔다.

퍼석!

적랑 기사단 기사 한 명이 마인의 머리를 거대한 앞발로 부순 후 두 다리로 곧게 서며 하늘로 얼굴을 추켜올렸다.

"아우우우!"

그리고 승리의 포효를 터트렸다.

하지만 지금은 찰나의 순간으로 목숨이 왔다 갔다 하는 전장. 적랑 기사단 기사는 짧게 승리를 만끽한 후 다른 먹잇감을 찾아 달려 나갔다.

서걱!

야현은 어정쩡하게 자신을 맞이하는 마인들을 가차 없이 베어버린 후 갑자기 말의 속도를 낮추며 앞을 쳐다보았다.

씨익!

입가에 피어난 차가운 미소.

하지만 마냥 편한 웃음은 아니었다.

멀다면 멀고 가깝다면 가까운 정면에 천마 천지악이 서 있었기 때문이었다.

"크크크크!"

죽어 준다.

아니, 죽어야 한다.

'기꺼이 웃으면서 죽어 주마! 그리고 너의 죽음을 보며 본인은 웃겠다!'

야현은 날카로운 송곳니를 드러내며 전의를 다졌다.

『코스카! 베라칸! 스톰, 스톰만 명심하고 이수해!』

『명!』

『충!』

각기 다른 복명과 함께 이미 사전에 세워 둔 작전에 따라 화이트 기사단과 적랑 기사단은 반으로 갈라져 마교 본진 외곽으로 움직였다.

동시에 야현은 말고삐를 당겨 귀마의 속도를 낮췄다.

그렇지만 말의 속도는 속도.

한순간에 둘 사이의 거리가 좁혀졌다.

"이렇……."

천마 천지악이 느릿하게 입을 열었다.

하지만 야현은 아니었다.

단숨에 귀마의 아랫배를 차 속도를 높여 천마 천지악에게 달려들며 가차 없이 야월을 휘둘렀다.

쐐애애액!

천마 천지악은 굳게 입을 닫으며 뒤로 몸을 뉘었다.

"쯧!"

야현은 야월에게서 느껴지는 빈 맛에 혀를 차며 스쳐 지나간 천마 천지악을 향해 말머리를 돌렸다.

천마 천지악은 야현의 야월을 피해 언제 뒤로 몸을 젖혔나 싶을 정도로 곧은 자세로 서 있었다.

"인사가 과격하군."

천마 천지악의 말에 야현은 귀마를 다시 어둠으로 돌려보내며 그의 앞에 섰다. 목소리는 전처럼 고저 없이 삭막하고 차분했지만, 그에게서 풍기는 지독한 살기는 매서웠다.

"그냥 한번 휘둘러 본 거야. 너무 화내지 말라고."

그럼에도 야현은 야월을 어깨에 걸치며 히죽 웃었다.

"그런 점을 본좌도 재미있어 했지."

천마 천지악의 입가에 희미하지만 미소가 지어졌다. 그러나 그 미소도 지어진 것만큼 빠르게 사라졌다.

"그런데 오늘은 너무 했군."

"하긴 인사가 과격하기는 했지?"

야현은 천마 천지악 앞에서 야월을 한 번 휘둘렀다.

"수하들의 말도 있고, 본좌의 판단도 있고 해서 말이야."

"죽이겠다고? 본인을?"

야현이 다시 야월을 어깨에 툭 걸치며 물었다.

"맞……."

천마 천지악이 말을 꺼냄과 동시에 야현의 신형이 그 자리에서 사라졌다.

쐐애애애액!

야현은 천마 천지악의 등 뒤에서 모습을 드러내며 야월을 휘둘렀다.

캉!

야월의 검날이 천지악의 손에 너무나도 가볍게 막혔다.

'큭!'

손목이 시큰할 정도로 되돌아온 반발력에 야현은 미간을 좁히며 뒤로 한 걸음 물러났다. 그러나 단순히 물러난 것만은 아니었다.

야현의 눈동자에 붉은 동공이 커졌고, 그 붉은 동공은 천마 천지악의 얼굴로 향해 있었다.

화르르륵!

천마 천지악 눈앞에 뜨거운 화염이 터졌다.

큰 충격은 없을 것이다.

아니, 자그만 충격도 주지 못했을 것이 분명했다.

하지만 상관없다. 어차피 천마 천지악의 시야를 잠시 가리는 목적으로 터트렸으니.

야현은 천마 천지악의 품으로 파고들며 야월을 수직으로 베어 올렸다.

쾅!

다시 천마 천지악의 손에 야월이 막혔다.

"쯧."

야현은 야월을 막고 있는 천마 천지악의 손바닥, 그리고 그 손을 감싸고 있는 은은한 강막을 바라보며 마음에 들지 않는 듯 혀를 찼다.

어지간해서는 그의 옷자락도 벨 수 없을 거라 생각했지만 마음에 안 드는 것 또한 당연한 일.

야현을 내력을 끌어올렸다.

후우우웅! 크그그극!

야월에 강기가 담기고, 그로 인해 맞대고 있던 천지악의 손바닥과 야월 사이에 강기의 불꽃이 튀었다.

"흐아압!"

야현은 몸을 팽그르르 돌며 검강이 담긴 야월을 천마 천지악의 목을 향해 그어갔다.

표정의 변화가 없던 천마 천지악이 그제야 눈썹을 슬쩍 꿈틀거리며 허리에서 검을 뽑아 야월을 막았다.

콰광!

엄청난 폭음.

그에 못지않은 후폭풍이 둘 사이와 주변을 휘감았다.

'그래!'

생각보다는 못하지만 천마 천지악이 자신의 일격에 세 걸음 뒤로 물러난 것이다.

"크하압!"

야현은 크게 진각을 밟으며 야월을 들어 올렸다.

쿠오오오오!

야월의 검날에 담긴 검강의 기운이 달라졌다.

크기가 미세하지만 커졌고, 색이 진해졌다.

같은 검강이지만 뿜어져 나오는 기세는 달랐다. 검강이되 검강이 아닌 듯 강력했고 날카로웠다.

쐐애애애애액!

야현은 천마 천지악의 정수리로 야월을 내려찍었다.

'……!'

살짝 말려 올라간 천마 천지악의 입꼬리.

명백한 비웃음에 야현의 눈매가 꿈틀거렸다.

콰과광!

조금 전보다 훨씬 강한 충격음이 둘 사이에서 터졌다.

"큭!"

그리고 튀어나온 신음.

그 신음의 주인은 천마 천지악이 아니라 야현이었다.

공격한 이는 야현이었지만 충격을 이기지 못하고 뒤로 밀려난 이도 야현이었다.

"흠."

천마 천지악은 검을 내리며 의외라는 표정을 지었다.

"확실히 그대는 재미있는 녀석이군. 사기(死氣)가 가득한 몸으로 도가 정종 내공이라."

야현은 몸을 세우려다 잠시 비틀거렸다.

"그런 몸으로 탈마지경, 아니 도가 정종 무공이니 현경이라고 해야 하나? 그런데 말이야."

천마 천지악이 야현을 향해 한 걸음 다가서며 입을 열었다.

"정말 어이가 없을 정도로 기초가 허접하군. 어떻게 현경의 경지를 탈피했는지 신기한 정도야. 아! 그 이상한 능력 때문인가?"

천마 천지악은 천천히 검을 들어 올렸다.

그 모습에 야현은 입술을 깨물었다.

어느 정도 상대할 자신이 있었다.

그런데 완벽한 오판이었다.

정말 기분이 더러워졌다.

"크크크크크!"

야현은 지독한 웃음을 터트리며 다시 검을 들었다.

"닥치고 와."

야현의 몸에 지독한 사기가 피어났다.

그러자 그의 주변으로 공기가 바뀌었고, 땅이 흔들렸다. 그리고 마치 죽음의 땅으로 바뀐 듯 검게 물들어 갔다.

"재밌어. 죽이기 아까울 정도로."

천마 천지악도 처음으로 이를 드러내 웃었다.

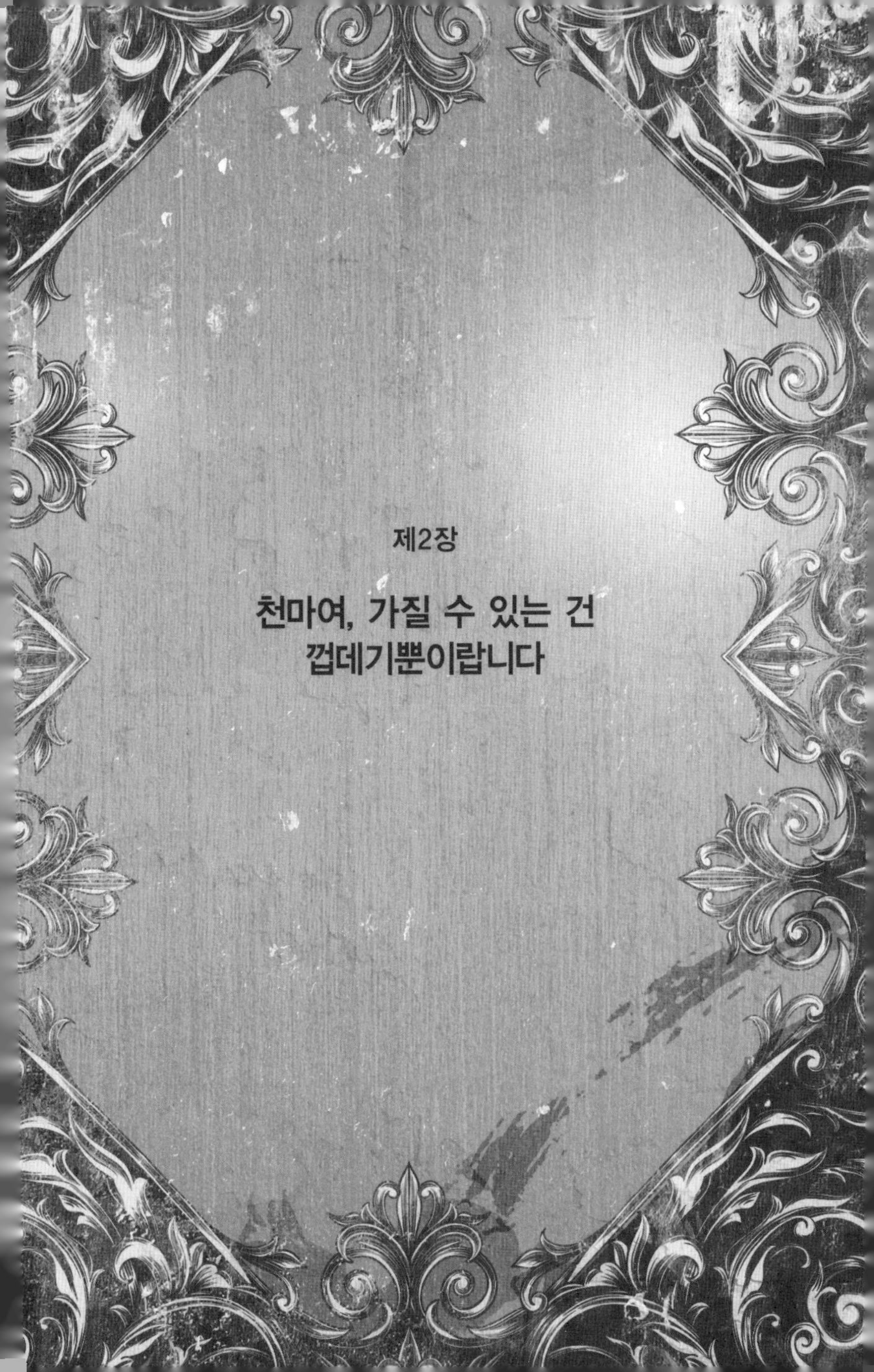

제2장

천마여, 가질 수 있는 건 껍데기뿐이랍니다

Vampire

푹!

야현은 가슴을 깊게 파고든 천마 천지악의 검을 내려다보았다.

"크크크크크!"

야현은 쇳소리 가득한 웃음을 터트리며 가슴에 박힌 천마 천지악의 검날을 왼손으로 움켜잡았다.

검날에 손이 베이고 핏물이 뚝뚝 떨어졌지만, 야현은 아랑곳하지 않고 단단히 움켜잡으며 오른손을 뻗어 천마 천지악의 가슴 섶을 붙잡았다.

그리고 그를 코앞으로 당겼다.

히죽.

입 안 가득 고인 피가 미소를 띤 입술 사이로 드러났다.

"크크크, 크하하하하!"

야현은 갑자기 광소를 터트렸다.

"죽음 앞에 웃음이라. 낭만인가, 미친 것인가?"

"미치지 않고서야 못 버티지. 쿨럭!"

야현은 피를 토했다.

그 피가 천마 천지악의 얼굴과 옷에도 튀었지만 그는 그다지 상관없는 듯 별다른 표정의 변화는 없었다.

"그래도 나름 재미있었어."

천마 천지악은 베이고 그을린 자신의 무복을 짧게 내려다본 후 말했다.

"더 재미있을 거야."

"미안하지만 이제 그대는 죽어."

천마 천지악은 미안한 표정을 살짝 드러내며 야현의 심장에 박힌 검을 틀었다.

"컥!"

야현은 고통에 허리가 꺾였다.

"……본인도 ……재미가, 크윽, 있어야지. 크크크!"

천마 천지악의 앞섶을 붙잡고 있던 야현의 손에서 엄청난 불길이 치솟아 올랐다. 그 불은 단숨에 천마 천지악의 온몸을 휘감았다.

서걱!

천마 천지악의 몸이 불길에 휩싸이는 동시에 그의 검은 야현의 손가락을 자르고 가슴을 갈랐다.

뒤로 넘어가는 야현의 오른손은 여전히 천마 천지악을 향해 뻗어 있었다.

콰과과과과광!

천마 천지악의 몸을 휘감은 불이 마치 폭탄처럼 터져나갔다. 그리고 야현의 몸은 잘린 손가락과 함께 바닥으로 처박혔다.

팡!

엄청난 바람과 함께 천마 천지악의 몸에 휘감겨서 폭발하던 불길이 단숨에 사라졌다.

옷뿐만 아니라 몸의 털까지 모조리 타버려, 모습을 드러낸 천마 천지악은 전라의 모습이었다.

『명심해. 이제 시작이야. 크크크크크!』

머릿속을 울리는 목소리에 천마 천지악의 눈두덩이 꿈틀거렸다. 그리고 그가 야현이 쓰러진 곳을 빠르게 쳐다보았다.

"……!"

천마 천지악의 눈매가 처음으로 굳어졌다.

없었다.

분명 숨이 끊기고 뒤로 넘어가는 야현을 보았다.

그가 쓰러지기 전에 있었던 기이한 불의 공격.

마지막 발악인 줄 알았다.

그런데 야현의 모습이 보이지 않았다.

"……푸하하하하하!"

천마 천지악은 고개를 젖혀 대소를 터트렸다.

분명 웃음은 경쾌하고 즐거운데 눈동자는 지독하리만큼 차가웠다.

"그대는 정말 본좌를 즐겁게 만드는군."

"주군."

그때 사마 중 일인인 검마가 빠르게 검은 용포를 가져왔다.

"훗!"

천마 천지악은 웃음을 그치고 손으로 맨머리를 가볍게 쓰다듬으며 그가 가져온 묵색 용포를 입었다.

"피해는?"

천마 천지악은 마치 폐허처럼 변한 진지와 수많은 이들의 신음을 들으며 물었다.

"사상자가 대략 삼천, 중상자가 일천에서 이천 정도 됩니다."

"그 짧은 시간에 거진 삼분지 일이 날아갔군."

천마 천지악의 말에 검마는 허리를 깊게 숙일 뿐이었다.

"뭘까?"

천마 천지악은 짧은 공습을 떠올렸다. 벽력탄은 태양 아래 잔딧불처럼 느껴지는 기이한 화염구. 듣도 보도 못한 갑옷을 입은, 흡사 군대처럼 느껴졌던 무인들.

그리고…….

천마 천지악은 야현이 사라진 자리를 쳐다보았다.

어쨌든.

과연 또 다른 검은 별을 가질 만한 자이기는 했다.

그리고 느꼈다.

그를 가벼이 본 것은 명백한 오판이었음을.

펑!

그때 사도련 성 위로 폭죽이 하나 터졌다.

*　　*　　*

제이계 말살(抹殺).

취할 것은 취하고, 줄 것은 주지 않는다.

사도련 성.

성곽 위에 사도련 하가(下家) 칠십여 가문, 일만의 사파인들이 집결해 있었다. 그 중앙에 혈랑문이 자리하고 있었고, 또 그 중심에 문주 구염부가 오연하게 서 있었다.

"정말이지, 너무 노골적이로군. 아니 그렇소?"

그 곁에 자리하고 있던 거권방 방주 신림이 뒤를 흘깃 보며 말했다.

성곽 아래, 다시 말하면 하가 바로 뒤편에 상가(上家) 서른 가문이 사사가를 중심으로 서 있었다.

엄밀히 상가, 하가로 나뉘어 있었지만, 실상은 상가와 하가가 조금 뒤섞인 상태.

하가를 지휘할 상가 가문이 있어야 한다는 명분을 내세워 일방적으로 혈랑문을 비롯해 혈성파 소속 상가 가문들을 일차 방어선인 전방으로 밀어 넣은 것이다.

너무나도 눈에 보이는 수작.

"흣!"

구염부는 비웃음을 띠며 다시 마교 진영을 쳐다보았다.

"그래도 큰 잡음은 없어 다행이오."

이러한 속사정을 모르는 다수의 하가에서 불만 어린 목소리가 튀어나왔지만 진영을 흩트릴 정도는 아니었다. 또 다른 암계를 미리 알고 있는 혈성파 소속 문파들이 단단히 중심을 잡고 있기 때문이었다.

"음?"

그때 야산에서 터져 나온 화우(火雨)가 성곽에 나열한 사파 무인들이 눈을 사로잡았다.

"시작이군."

구염부는 주먹을 말아 쥐며 긴장감을 드러냈다.

마교 진영, 적진에서 벌어진 느닷없는 폭발에 이유를 알지 못하는 사도성 내 사파 무인들의 웅성거림이 커졌다. 당연히 후방에서 오만하게 서 있던 사사가의 가주들도 연유를 알지 못하기에 당황한 모습이 역력했다.

"조용히 하라!"

구염부는 목소리에 기파를 담아 소리쳤다.

"무슨 연유인지 모르니 자리를 고수하고 끝까지 적진에서 눈을 떼지 말라!"

시기적절했는지 어수선하던 분위기가 금세 가라앉았다.

또한, 무슨 상황인지 파악하기 위해 움직이려던 사사가도 분위기에 휩싸여 자리를 지키고 있었다. 아울러 굳건하게 자리를 지키면 모를까 사사가의 가주들은 애써 침착함을 유지한다고는 하지만 어딘가 모르게 우왕좌왕하며 의견을 나누는 모습이 구염부의 눈에 들어왔다.

자그마치 백 년.

안락함에 빠져 치열함을 잊은 그들이었다.

'생각보다 쉽게 마무리될지 모르겠군.'

구염부는 차가운 미소를 희미하게 드러내며 마교 진영을 쳐다보았다.

말을 탄 한 무리의 군사들이 마교 진영을 휘젓고 있었다.

'확실히 일국의 군대는 무섭군.'

그러나 그들은 아군.

무서움은 더할 나위 없는 든든함으로 다가왔다.

"뭐가 어떻게 되는 거지?"

"저들은 또 누구야?"

"본문의 무사들인가?"

"아니야. 저건 분명 무림인들이 아니야."

다시 소란스러워진 사도성 전방 진영.

"조용!"

구염부의 일갈에 잡담이 없어지지는 않았지만 적어도 웅성거림은 사라졌다.

그렇게 시간이 흐르고.

펑!

사도성 위로 붉은 폭죽이 날아올라 터졌다.

구염부는 묵룡신가 가주 신림과 패천문 기덕해, 그리고 거권방 방주 적무와 빠르게 시선을 맞췄다.

챙! 창!

누가 먼저라고 할 것도 없이 무구를 뽑아 들었다.

챙챙챙챙챙!

표면에 파동이 퍼지듯 혈성파 소속 사파인들이 일제히 검을 뽑아 들었다.

"사도련을 좀 먹는 사사가를……."

구염부는 잠시 말문을 끊었다가.

"죽여라!"

외쳤다.

"사도련을 바로 세우자!"

"사의 기치를 위하여!"

"진정한 사도련을 위하여 검을 들으라!"

이어진 신림, 기덕해, 적무의 선동 어린 외침.

"와아아아아!"

"우와아아아아!"

그리고 혈성파 소속 사파 무인들의 함성.

"죽여라!"

구염부가 다시 한 번 소리치며 사사가 사파인들을 향해 몸을 날렸다.

그 순간.

팟!

강렬한 기파와 함께 사도성 중앙에 검은빛이 터졌다.

모습을 드러낸 이들은 짧은 피 맛을 본 화이트 기사단과 적랑 기사단.

그 빛은 하나가 아니었다.

파바바바밧!

성곽 곳곳에서 빛이 터졌고, 검은 로브를 입은 흑탑 소속 마법 병단 마법사들이 일제히 모습을 드러냈다.

콰아아악!

그리고 하늘이 찢어졌다.

* * *

"우우우우우우!"

"아아아아아아!"

성곽 위에 모습을 드러낸 흑마법사들은 전혀 인간의 목소리라고는 할 수 없는 기이한 파장을 읊조리기 시작했다. 소리의 공명이 서서히 한 인물에게 집중되기 시작했다.

카이만.

"우히히히히!"

그는 괴소를 터트리며 그의 분신인 검은 지팡이를 살짝 들어 올렸다. 그리고 다시 바닥에 가볍게 내려놓았다.

쿵!

가벼운 움직임이 만든 파장의 위력은 상상 이상이었다.

마치 하늘이 꺼진 것처럼 묵직한 기운이 땅으로 떨어졌다.

"마교의 끄나풀이 된 것이더냐? 저 구염부의 세 치 혀에 현혹되지…… 헉!"

"마교의 졸개들을 쳐 죽여…… 어?"

"저들은 우리의 형제가 아닌 본련의 배신자들…… 허업!"

사도성 중앙, 사사가와 그를 따르던 상가들이 서 있던 땅이 흔들렸다.

찢어지고.

뒤집어졌다.

우르르르, 콰과과과곽!

건물마저 이겨내지 못하고 와르르 무너져 내리는 마당에 굳건히 서 있는 자는 없었다.

"명심하라, 형제들이여. 우리의 목표는 사사가의 무리들이다!"

구염부가 가장 먼저 뒤집어진 땅으로 몸을 날렸다.

"가자!"

"사사가를 죽여라!"

이어 혈성파 소속 사파 무인들이 성곽에서 뛰어내렸다.

그리고, 혈성파와 함께 성곽을 지키고 있던 다른 하가 몇

몇 문파와 사파 무인들도 분위기에 휩싸여 엉겁결에 전장으로 발을 내디뎠다.

사사가를 중심으로 더욱 뭉치는 상가 가문들이 있는가 하면 좀 더 상황을 주시하기 위해 빠르게 전장을 이탈하는 가문들도 있었다.

구염부의 바람과 달리 전장을 이탈하는 가문의 수는 많지 않았다. 그러나 비록 소수이기는 하지만 이 싸움에서 빠져주는 것만으로도 다행이었다.

단숨에 적도 아군도 구분되지 않는 전장이 펼쳐졌다.

타의로 그 싸움에 휘말린 이들도 상당수.

"성곽 위로!"

누군가의 목소리.

엉겁결에 싸움에 끼어들었다가 뒤늦게 정신을 차린 이들, 애초에 이 싸움에 끼어들기를 원하지 않았던 이들 등 상당수의 사파 무인들이 전장에서 이탈해 성곽 위로 몸을 피했다.

혈성파, 그리고 사사가.

반드시 서로를 죽여야만 살아남는 싸움이다. 그렇다 보니 싸움은 더욱 극렬해졌다.

서걱!

"으아악!"

피가 튀고 죽음의 단말마만이 가득한 전장.

비록 무인의 수는 혈성파 측이 많았지만 압도적이지는 않았다. 더욱이 사도련을 군림해 온 사사가와 그를 따르는 상가들은 그 이름을 노름판에서 딴 것이 아니었다. 수는 적었지만, 압도적인 무위로 혈성파를 단숨에 찍어 눌렀다.

균형의 무게는 너무나도 쉽게 한쪽으로 기울어지는가 싶었다.

"네놈들의 발악은 여기까지다."

동방가의 가주 동방성.

그를 포함한 사사가의 네 가주들은 구염부를 비롯해 묵룡신가 신림, 패천문 기덕해, 거권방 적무를 에워 감싸며 비릿한 웃음을 지었다.

"크크크크크."

구염부는 의기양양한 사사가의 가주들을 쳐다보며 나직한 웃음을 터트렸다.

"네놈들은 오늘 살아서 이곳을 빠져나가지 못할 것이다."

두두두두두두!

무너진 땅이 다시 일어났다.

전장 후방, 사도성 내부에서 몰려오는 말발굽 소리에 사사가 가주들의 표정이 단숨에 굳어졌다.

"일선 후퇴!"

구염부의 명령에 혈성파 소속 사파 무인들은 기다렸다는

듯 뒤로 물러났다.

"차징!"

들려온 짧고 굵은 명령.

범의 포악한 이빨처럼 드리운 장창!

화이트 기사단의 창날에 사사가를 비롯한 상가의 무인들이 벌집이 되려는 찰나였다.

좌아아악!

하늘이 찢어지고 피투성이의 한 인영이 사사가 중앙으로 추락했다.

콰당!

상처가 중한지 그는 균형도 잡지 못한 채 바닥에 나뒹굴었다.

투둑. 그런 그의 옆으로 잘린 손 하나가 툭 떨어졌다.

그는 바로 야현이었다.

화이트 기사단 부단장 코스카는 손을 들었고, 그 수신호에 맞춰 화이트 기사단은 사사가를 바로 지척에 두고 질주를 멈췄다.

"……!"

피투성이도 모자라 바닥에 쓰러져 숨을 헐떡이는 야현의 모습에 구염부의 눈이 부릅떠졌다.

"어, 어찌……."

신림도, 기덕해도, 적무도 그런 야현의 모습에 눈동자가 심하게 흔들렸다. 아니 비단 그뿐만 아니라 야현을 섬기는 혈성파 소속 가주와 문주들도 그 셋과 그다지 다르지 않았다.

"헉헉!"

야현은 부들부들 떨리는 다리를 힘겹게 세워 자리에서 일어났다. 야현은 이내 휘청이며 근처 상가 소속 어느 사파 무인의 어깨를 잡아 겨우 쓰러지는 것만 면했다.

"뭐, 뭐야?"

사파 무인은 신경질적으로 야현의 손을 뿌리치며 들고 있던 검으로 단숨에 목을 치려 했다.

콱!

지금까지 보여준 힘겨운 행동이 마치 연극처럼 느껴질 정도로 야현은 빠르고 강하게 사파 무인의 품으로 파고들어 그의 목을 물었다.

"컥!"

사파 무인은 목에서 느껴지는 따끔거림에 눈을 부릅떴다.

그것도 잠시.

"으아아아악!"

이내 그는 온몸을 파고드는 고통에 온몸을 바르르 떨며 비명을 질렀다. 그러나 그 비명도 얼마 가지 못하고 사라졌다. 사파 무인은 흡사 미라처럼 변했고, 뼈다귀가 바닥에 무너지듯 바닥으로 허물어졌다.

"크으!"

야현은 다시 균형을 잃고 비틀거리며 포악한 짐승의 울음을 터트리고는 주변을 훑었다.

"히익!"

붉게 변해 번뜩이는 눈.

그 눈과 마주한 상가 소속 사파 무인은 창백한 표정으로 저도 모르게 뒷걸음을 치고 말았다.

살기로 가득 찬 야현의 눈동자.

그러나 상가 소속 사파 무인은 처음으로 대하는 살기였다. 아니, 살기가 아니었다.

'……굶주린.'

포학한 호랑이가 몇 날 며칠을 굶주리면 아마도 저런 눈빛을 띠지 않을까 하는 생각이 문득 떠올랐다.

"따닥, 따다다닥!"

턱에서 시작한 떨림은 단숨에 그의 몸 곳곳으로 퍼져 나갔다. 그러한 그는 사실을 인지하지 못하며 뒤로 한 걸음, 또 한 걸음 물러날 뿐이었다.

털썩!

그러나 채 몇 걸음 뒤로 걷지 못하고 다리가 풀려 땅바닥에 주저앉고 말았다.

'이, 이대로는 죽어. 아니…… 머, 먹혀.'

먹혀. 먹혀! 먹힌다고!

공포는 그의 머릿속을 하얀 백지장으로 만들기 충분했다.

"으아아아악!"

상가 소속 사파 무인은 겁에 질린 비명을 지르며 뒤로 돌아 버둥거리듯 바닥을 기었다.

"크크크!"

야현은 비틀거리며 상가 소속 사파 무인을 향해 걸음을 내디뎠다. 한걸음, 그리고 그 자리에서 사라졌다.

콱!

다시 모습을 드러낸 곳은 바닥을 기고 있는 상가 소속 사파 무인의 앞이었다. 그리고 야현은 염동력으로 그를 허공에 띄워 그의 목을 물었다.

"크아아악!"

그리고 터진 죽음의 단말마.

스으으윽!

동시에 바닥에 나뒹굴던 잘린 야현의 손이 퍼득거리더니 잘린 팔로 날아가 붙었다.

"크흐으으으!"

둘의 피로도 부족했던지 야현은 다시 붙은 손을 꼼지락거리며 다시 주위를 두리번거렸다.

"갈!"

윤기 흐르는 백발의 중년인, 상가 중 어느 문주가 노호 같은 일갈을 터트리고는 야현을 향해 달려들며 커다란 도를 내려찍었다.

쑤아아앙!

야현이 그 자리에서 사라지고 대도(大刀)는 애꿎은 허공을 갈랐다.

서걱!

동시에 도를 휘두른 백발의 문주의 머리가 잘리며 그의 수급이 허공으로 튀어 올랐다.

턱!

야현은 아래로 떨어지는 백발의 문주 수급을 움켜잡으며 입으로 가져갔다. 야현은 수급 아래로 주르르 흘러내리는 핏물을 사막에서 만난 녹주(오아시스)의 달콤한 물처럼 마셨다.

"크하앗!"

핏물을 모두 마신 야현은 수급을 바닥에 던진 후 양팔을 추켜올리며 밤하늘을 올려다보았다.

그리고 포효했다.

잔혹한 짐승의 울음으로.

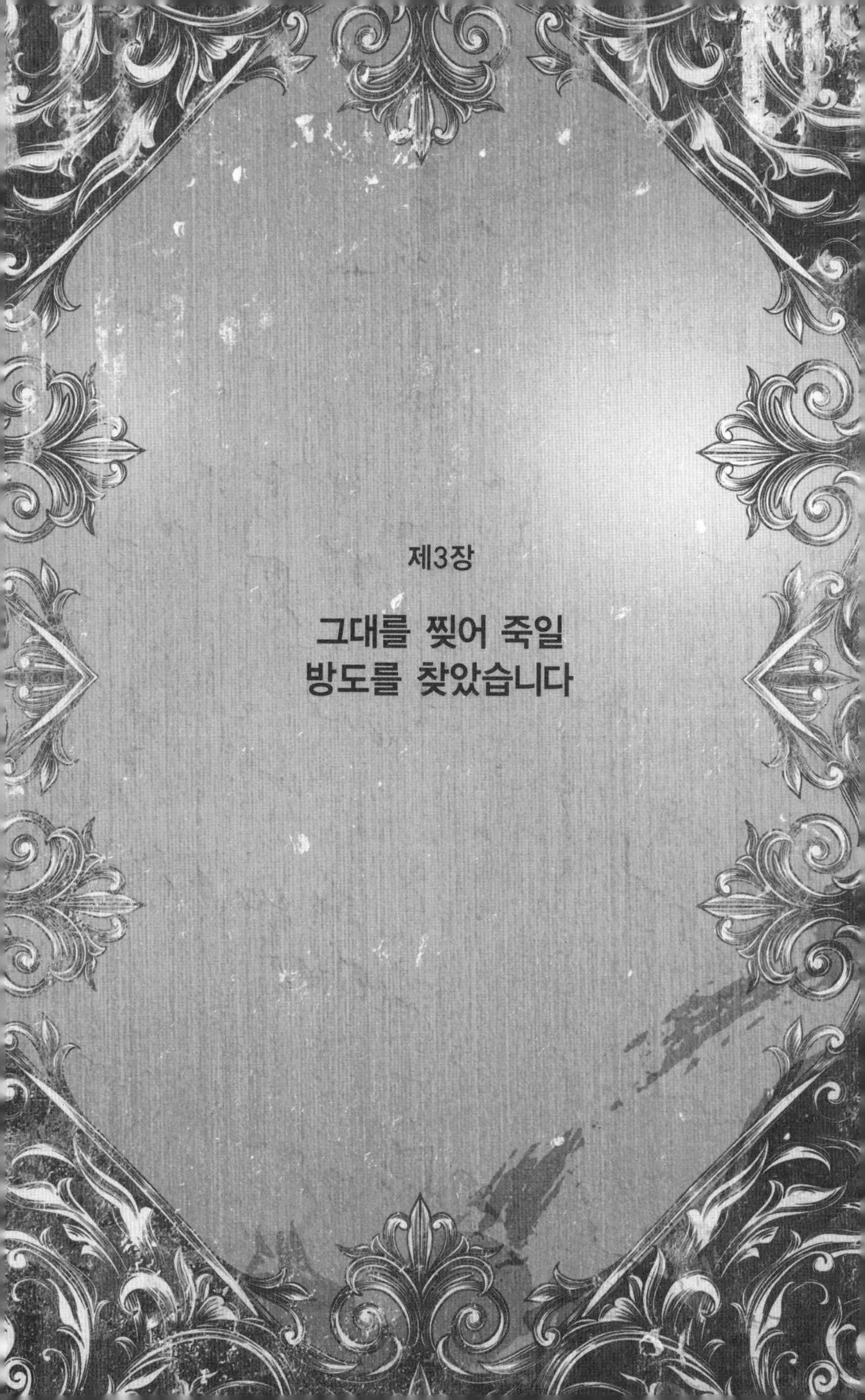

제3장

그대를 찢어 죽일 방도를 찾았습니다

Vampire

"전군, 원진!"

야현의 포효에 코스카 부단장은 기다렸다는 듯 명을 내렸다. 그 명에 화이트 기사단은 기마용 장창을 거두고 각자의 무구를 뽑아 들며 사사가와 상가 문파들을 크게 에워쌌다. 그리고 원진 사이를 적랑 기사단이 메우자 누구도 손쉽게 빠져나갈 수 없는 단단하면서도 날카로운 하나의 벽이 되었다.

야현이 오른손을 활짝 펴자 바닥에 떨어져 있던 야월이 날아와 손에 쥐어졌다.

"정말 어이가 없을 정도로 기초가 허접하군. 어떻게

현경의 경지를 탈피했는지 신기한 정도야. 아! 그 이상한 능력 때문인가?"

천마의 목소리, 아니 빈정거림이 떠올랐다.

꽉!

야월을 쥔 야현의 손등에 굵은 힘줄이 돋아졌다.

그 말이 준 굴욕감.

"크크크크크!"

야현은 거친 웃음을 토해냈다.

하긴 무슨 할 말이 있겠는가?

그것 또한 승자의 권리거늘.

"본인이 꽤나 열이 받은 상태라서 말이야."

야현은 내력을 서서히 뿜어내며 입을 열었다.

"전부 죽일 생각은 없었지만."

우우우우웅!

살심이 뚝뚝 떨어지는 목소리와 함께 야월에서 검강이 솟아올랐다.

"지독한 화를 풀어 주고 식혀 줄 피가 필요해."

쿠오오오오!

검강의 크기가 조금 더 커졌다.

더불어 색도 진해졌고, 무엇보다 내뿜는 기운이 달라졌다.

"그래서 모두 죽어줘야겠어."

그 말과 함께 한 사파 무인과 눈이 마주쳤다.

"히익!"

짐승처럼 울음을 토하며 사람의 피를 마시는 장면을 보았고, 그 장면은 공포라는 이름으로 머릿속에 각인된 상태였다. 당연히 살심에 짓눌린 사파 무인은 핏기 없는 얼굴로 본능적으로 뒷걸음을 쳤다.

아니, 치려 했다.

푸학!

상가 소속 사파 무인의 몸이 반으로 잘리며 피가 솟구쳤다.

그리고 잠시 후.

서걱!

피육이 갈리는 소리가 만들어졌으며.

"으아악!"

비명이 터졌다.

그 단말마에 정신을 차렸을 때 이미 또 다른 비명이 터지고 있었다.

"갈!"

일방적인 도륙이 펼쳐지려는 순간, 사사가의 가주 중 일인인 하후자강이 일갈을 터트리며 그를 막아섰다.

아군의 죽음도 죽음이지만 야현 한 명의 등장에 드높아도 부족할 사기가 바닥을 쳤다. 그의 잔혹함에 숱한 이들이 공포에 젖어든 것이다. 공포의 무서움은 마치 그것이 전염병처럼 빠르게 확산된다는 데 있다.

더 이상 사기가 꺾이기 전에 그를 죽여 사기를 끌어올려야 하기에 하후자강, 그 스스로 먼저 나선 것이었다.

야현이 보여준 잔혹함도 잔혹함이지만 그의 무위도 절대 낮지 않았다. 그렇기에 야현을 막아서는 그의 검에도 검강이 담겨 있었다.

검강 대 검강. 그리고 강렬한 부딪힘.

쾅!

엄청난 폭음과 함께 기파가 주변을 휘몰아쳤다.

"크!"

생각 이상의 강렬한 힘을 이기지 못하고 하후자강은 신음을 터트리며 뒤로 주르르 밀려났다.

"으아악!"

하후자강이 밀려난 순간, 비명이 들려왔다.

그 짧은 사이 야현은 자신은 아예 신경도 쓰지 않고 주위의 다른 사파 무인 셋을 베어버린 것이다.

와득!

자존심이 상한 하후자강은 어금니를 깨물고는 전신의 내력을 폭발시키듯 끌어올리며 검강의 크기를 더욱 키웠다. 그러는 사이에도 아군을 베어 가는 야현의 등을 향해 빛살처럼 달려들었다.

쑤아아악!

하후자강의 검이 야현의 등을 베는 순간.

팟!

야현의 신형이 그 자리에서 사라졌다.

"……!"

쐐애애애액!

옆구리에서 느껴지는 섬뜩한 기운에 하후자강은 빠르게 검을 내려 막아 갔다.

쾅!

폭음과 함께 하후자강은 엄청난 힘을 이기지 못하고 옆으로 일 장가량 옆으로 밀려났다. 기혈이 역류한 것인지 비릿한 피맛이 목구멍을 타고 올라왔지만 하후자강은 각혈을 토해낼 시간의 여유조차 없었다.

야차처럼 흉악한 인상의 야현이 그의 눈동자에 가득 찬 것이다. 신형을 바로 세울 여유도 없이 하후자강은 입술을 깨물며 검을 들어 야현의 검을 막아야 했다.

쾅! 쾅쾅쾅쾅!

마치 폭우가 쏟아지듯 야현의 야월은 하후자강의 머리를 내려찍고 또 내려찍었다.

수려한 초식도, 화려한 검초도 없었다.

마치 도끼로 장작을 패듯 연신 내려찍을 뿐이었다.

쩌엉!

결국 그 힘을 이기지 못하고 하후자강의 검강에 굵은 금이 갔다.

차장창창창!

그리고 얼마 가지 못해 검강은 나약한 유리처럼 깨졌고, 그의 검도 산산조각 부서졌다.

"커헉!"

하후자강은 끝내 피를 토하며 뒤로 밀려났고, 야현은 그런 하후자강의 가슴을 향해 야월을 내려 그었다.

쑤아아악!

야월이 만들어 내는 파공성 속에 다른 파음이 끼어들었다.

사사가 가주 중 일인인 도정이었다.

그의 검강이 야현의 등으로 파고든 것이다.

도정의 기습에 하후자강의 눈동자에서 실낱같은 삶의 희망이 깃들었다.

히죽!

그 눈빛을 본 야현은 비릿한 미소를 지었다.

삶과 죽음의 경계에 들어서서일까, 하후자강의 눈에 비친 세상은 멈춘 듯 느리게 흘러갔다. 그래서 더 또렷하게 보이는 야현의 미소, 그리고 미소 뒤에 벌어지는 야현의 입술.

이상하리만큼 뚜렷하게 그 입술 모양이 눈에 들어왔고, 이내 그 입술이 말하는 바를 읽을 수 있었다.

'그래도 너는 죽어.'

눈이 부릅떠졌고, 크게 떠진 눈 속에서 눈동자가 파르르 요동쳤다.

서걱!

가슴에서 불로 지진 듯한 고통이 느껴졌고, 눈에 붉은 핏물이 튀었는지 세상이 붉어졌다.

그게 그가 본 마지막 시야였다.

동시에 야현의 등을 도정의 검이 베고 지나갔다.

피부와 살이 갈라지고 드러난 뼈도 부서졌다.

곧 죽어도 이상하지 않을 만큼 중한 검상을 입은 것이다.

그 상처에 야현이 휘청이며 돌아섰다.

"……."

도정의 눈매가 꿈틀거렸다.

야현은 기분 나쁜 미소를 짓고 있었다.

콰직!

도정이 잠시 멈칫한 사이 야현은 염력으로 하후자강의 시신을 끌어당겼다. 그리고 도정을 보며 하후자강의 목을 물었다.

"……!"

깊은 상처가 빠르게 치료되는 모습에 반개했던 도정의 눈이 부릅떠졌다.

불과 얼마 전 직접 목격했지만, 상식적으로 이해할 수 없는 기사였기에 그만 간과해 버린 것이다.

피가 모두 빠져나가 미라처럼 말라 버린 하후자강의 시신이 바닥으로 떨어지고, 야현의 신형은 그 자리에서 사라졌다.

쑤아아아악!

도정의 등 뒤에서 다시 시작된 파공성.

쾅!

도정은 빠르게 회전하며 야현의 검을 막았다.

'컥!'

신음이 튀어나올 정도로 엄청난 힘에 도정은 하후자강과 별반 다름없이 바닥에 긴 홈을 긁으며 뒤로 밀려났다. 균형을 잃은 도정을 향해 다시 야현이 걸음을 내디디려 할 때.

쏴아아아아—

야율사무가 달려와 주먹에 강기를 담아 휘둘렀다.

후우우웅!

야현은 보폭을 크게 벌리며 신형을 낮추며 두 눈을 부릅떴다.

그 순간.

전장에 나서기 전에 가볍게 훑어본 혈황무서의 한 구절이 벼

락처럼 튀어나왔다.

흡혈.

혼합.

타인의 내력을 강제로 흡수하고, 이질적인 혼탁한 내력을 본연의 내력과 합하는 구절이었다.

'합한다!'

무언가에 이끌리듯 야현은 전신의 내력을 폭증시키는 동시에 뱀파이어 종족의 생명 근원인 어두운 피의 힘을 개방시켰다. 그리고 구절처럼 뒤섞었다.

"크르르르!"

나직한 울음.

야현의 붉은 동공이 확장되기 시작하더니 이내 흰자위까지 침범했다. 그렇게 야현의 눈은 완전히 붉게 변했다. 그러자 그의 몸에서 뿜어져 나오는 기운이 더욱 흉폭해졌다.

푸른빛을 띠던 검강의 색이 변하기 시작했다.

마치 맑은 호수에 검은 오물이 쏟아져 오수(汚水)로 변하듯 푸른빛이 칙칙한 회색으로 변해 갔다.

치직! 치직!

칙칙한 회색 군데군데가 터지며 붉은 반점이 피어났다.

"크하앗!"

그리고 야현의 흉폭한 기합이 터졌다.

서걱!

너무나도 싱겁게 야현의 일검에 야율사무의 권강은 물론이요 그의 몸까지 반으로 갈렸다. 그리고 검기를 뿌리듯 검강을 날려 도정의 몸을 갈라 버린 야현은 그 사이 빠르게 다가오는 동방성을 향해 야월을 높이 들어 올렸다.

그리고 진각을 밟았다.

콰광!

폭발이 인 듯 땅이 울리고 땅거죽이 사방으로 튀었다.

그리고 동방성을 향해 야월을 내려 그었다.

피고름처럼 군데군데 핀 붉은 반점을 담은 검강은 동방성의 강기를 소리 없이 지워 버렸다.

콰과과과과과과광!

바닥으로 내려진 야월.

그리고 그 앞에 펼쳐진 지옥도!

야월이 뱉은 검강은 동방성만을 벤 것이 아니었다. 그의 뒤에 서 있던 수십 명을 벤 것도 모자라 땅까지 벤 것이다.

"크하하하하하!"

야현이 고개를 젖혀 광소를 터트렸다.

퍼벙! 퍼버버벙!

광소가 절정에 달할 무렵 야현의 몸 곳곳이 터졌다.

단전이 부서지며, 마치 우리를 탈출한 맹수처럼 뒤섞인 내력이 야현의 내부를 갈기갈기 찢기 시작한 것이었다. 그 충격을 이기지 못하고 뒤로 넘어가는 와중에도 야현은 웃고 있었다.

"천마!"

이윽고 야현은 희열과 흥분을 담아 소리쳤다.

쿵!

이어 몸 곳곳이 뼈가 드러날 정도로 찢긴 야현은 썩은 고목 나무처럼 뒤로 쓰러졌다.

* * *

빛 한 점 들어오지 않는 어두운 석실.

어둠 속에서 붉은빛 두 점이 만들어졌다. 그 붉은빛은 야현의 눈동자가 만든 안광이었다.

"흐음."

거북한 신음을 토하며 야현은 몸을 일으켰다. 더는 불쾌한 신음을 내뱉지는 않았지만 상당한 고통이 느껴졌는지 그는 미간을 찌푸리며 차가운 석벽에 몸을 기댔다.

"여기."

사박, 옷감이 스치는 소리와 함께 야현의 눈동자와 같은 붉은 눈동자를 가진 제갈지소가 다가와 큰 사발을 내밀었다.

피.

비릿한 혈향이 후각을 자극했다.

야현은 단숨에 피를 비웠다.

"후우—."

옅은 숨을 내쉬며, 빛 한 점 없는 어둠은 문제가 아니라는 듯 주위를 훑었다.

"어디지?"

"소녀의 본가, 가주 연공실이에요."

"이곳이 이렇게 어두웠나?"

"편히 사용하시라고 손 좀 봤어요."

제갈지소의 말에 야현이 피식 조소를 터트렸다.

"본인이 아니라 그대겠지."

"어찌 되었든요."

제갈지소가 미소를 드러냈다.

"본인이 얼마나 정신을 잃었었지?"

"삼 일."

그 대답이 마음에 안 드는 듯 야현은 인상을 찡그렸다.

"전장은?"

"가가께서 원하시는 대로 되었어요."

그제야 야현의 입가에 미소가 지어졌다.

"사사가는 완전히 멸문. 그리고 그들을 따르던 상가 대부분의 가문도 궤멸, 살아남은 이들도 어쭙잖게 눈치를 보던 십여 개의 가문과 함께 마교의 먹잇감으로 던져 줬어요."

"먹었나? 품었나?"

"정확한 수는 확인하지 못했지만 반 정도는 마교의 손에 죽었고, 반 정도는 흡수되었을 거예요."

"나쁘지 않군."

야현은 고개를 끄덕였다.

"혈성파는?"

"세간의 이목이 집중되어 있어 곧바로 중원으로 데려올 수 없었지요. 그래서 일단 서방 왕국으로 보냈어요. 차차 시간을 들여 천천히, 그리고 조용히 데려올 계획이에요."

대략적인 보고는 끝난 듯하다. 그러나 야현은 제갈지소의 얼굴을 빤히 쳐다보았다.

"그게 끝인가?"

"혹시 권능에 독심술도 있나요?"

"요즘 느끼는 건데 참으로 맹랑해졌어."

야현이 미소가 차갑게 변했다.

"연유야 어떻든 소녀가 가가의 후계자입니다."

"적당히 해. 후계자야 다시 만들면 그만이니."

야현의 말에 제갈지소의 미소가 오히려 화사하게 변했다.

"죽여야 할 놈 중 대략 삼백여 명을 몰래 빼돌려 놨어요."

"나쁘지 않은 생각이야. 초량인가?"

"예."

"그래서 차후 계획은?"

"가가의 뜻이 중요하겠지만 일단 그들을 소림이나 무당에 풀어놓는 것이 어떨까 의견을 모았어요."

"소림이나 무당이라."

비릿한 미소.

"이왕이면 소림으로 하지. 이왕이면."

"마교의 선물로 포장해서."

제갈지소가 야현의 뜻을 읽고 빠르게 말을 이었다.

"컥!"

그러자 야현은 제갈지소의 목을 움켜잡았다.

"본인은 누군가 내 생각을 미리 짐작하는 것을 싫어하지. 알고 있을 텐데."

야현은 제갈지소의 머리를 가까이 끌어당겼다.

"적당히. 적당히."

"죄, 죄송……."

야현은 제갈지소의 목을 놓아주며 손을 저어 축객령을 내렸다.

"나가 봐."

겁에 질린 듯 제갈지소는 빠르게 밀폐된 연공실을 나갔다. 야현은 가부좌를 틀고 석벽에 편히 등을 기대며 눈을 감았다.

직시(直視).

천천히 천마와의 싸움과 그가 내뱉었던 말을 떠올렸다.

현경이되 현경이 아니다. 이어 남궁기도 떠올렸다.

남궁기의 기억을 보자면 그의 무위는 확실히 현경의 경지를 엿보았다. 현경의 경지를 대변해 주는 이기어검을 펼쳤으니 당연하다. 하지만 온전히 현경의 경지를 밟았냐고 그의 기억에 물으면 대답은 글쎄…… 아니다, 라고 말하지 않을까 싶다.

그가 펼친 이기어검.

그때는 몰랐지만, 다시 되새겨 보니 놀라운 경지이기는 하지만 뭔가 어설프다.

'운이 좋았군.'

다시금 그 싸움을 복기하니 남궁기의 패착은 비장의 한 수로 꺼낸 이기어검이었던 것이다. 만약에 그가 이기어검이 아닌 완숙함을 얻은 검강을 꺼냈으면 어땠을까?

양패구상?

어쩌면 자신의 패.

무릎 위에 올려진 주먹에 힘이 들어갔다.

'자만했었군.'

아는 만큼 본다. 그렇기에 눈이 있어도 모르면 보지 못한다.

스승, 교하 진인의 말이 떠올랐다.

당시는 무공에 대한 이해가 낮아 그걸 보지 못했다. 그저 이

졌음을 기뻐했을 뿐이다. 그나마 여러 무인들의 지식이 머릿속에 쌓이고 녹아들며 이제야 알게 된 것이다.

그만하다면 충분하다 여겼거늘.

명백한 오판이었다.

천마, 그는 남궁기 그 자신도 한 수 접어야 할 정도로 강자라고, 남궁기의 경고 아닌 경고를 들었음에도 말이다.

히죽!

비릿한 미소가 지어졌다.

우연히 답을 찾았다.

전진의 무공.

뱀파이어의 권능.

그리고 그 둘을 이어줄 혈황의 무서.

문제는 어떻게 수련을 할 것인가, 이다.

야현은 눈을 뜨며 자리에서 일어났다.

마음속으로 결정을 내려서가 아니었다.

이이제이(以夷制夷).

오랑캐로 오랑캐를 제압한다.

소림과 무당으로 마교를 상대하게 만든다.

야현이 생각한 마지막 계책이었다.

'그럼 시간을 벌 겸, 재를 뿌려 볼까?'

"크크크크크!"

음산한 웃음이 흘러나왔다.

*　　*　　*

숭산.

소림사.

자정이 넘어 산사에 고요함이 들어찼다.

팟!

모두가 잠든 그 시각, 소림사 대웅전이 내려다보이는 산 중턱에 야현과 카이만이 모습을 드러냈다.

"준비는?"

"버서커 시약을 모두 복용해 놓았습니다."

버서커 시약.

서방 대륙에서는 금지된 약이다.

일명 인간 폭탄이라 불리는 버서커 시약을 복용하면 열이면 열, 이지가 상실되고 미친 광인이 된다. 문제는 복용한 이들은 저마다 개체 차이는 있지만 짧으면 한 시간, 길면 대여섯 시간 정도 안에 가진 마나는 물론 생명까지 불태우며 피를 갈구하게 된다.

지금은 서방 대륙에서 지워진 어느 소국의 미친 왕이 제국을 세우겠다고 흑마법사들과 손을 잡고 만든 약이었다.

대륙에서는 그 약이 사라진 것으로 알고 있지만 실상은 아니다. 흑탑에 제조법이 남아 있었다.

"언데드들은?"

"초량의 조언에 따라 제법 강한 인간 다섯을 뽑아 다크 나이트로 만들었습니다. 다만."

"……?"

"혈강시인가 뭔가와 비슷하게 꾸민다고 갑옷을 벗겼고, 급히 제조하여 듀라한보다도 못한 상태입니다."

"어차피 버리는 패이니 상관없어."

"우히히히히!"

"어떻게 언데드를 상대할까?"

야현은 소림사 경내를 내려다보며 눈빛을 반짝였다.

"시작해."

야현의 말에 카이만은 간이 통신구로 신호를 넣었다.

쿵!

묵직한 기파가 소림사 경내 곳곳에서 터졌다.

짧지만 강하고 어두운 빛이 기파 중심에서 솟아났다.

빛은 도합 열.

그 빛과 함께 광기에 물든 사파 무인들이 모습을 드러냈다. 그리고 사방으로 뿔뿔이 흩어져 닥치는 대로 피를 뿌리기 시작했다.

댕댕댕댕댕—

소림사 경내에 급박한 타종이 울렸다.

이내 무승들이 쏟아져 나왔다.

"소림, 소림. 허명이 아니군."

야현은 못마땅하다는 듯 미간을 찌푸렸다.

흑림을 보고 싶었지만 소림사 무승들의 힘만으로 경내가 빠르게 안정을 찾아가고 있었기 때문이었다.

"카이만."

야현이 가볍게 그를 부르자.

"우히히히."

카이만은 괴소와 함께 품에서 자그만 종을 꺼내 흔들었다. 그러자 사파 무인들 사이에 숨을 죽이고 있던 다섯 마리의 짐승이 잠에서 깨어났다.

그 짐승은 바로 다크 나이트였다.

그들이 본격적으로 나서자 소림사로 기울던 균형이 다시 사파 무인들에게로 기울어지기 시작했다.

흑림이 슬슬 나올 때가 되었다 싶은 찰나.

야현의 안색이 굳어졌다.

"크크크크크."

야현은 어느 한 곳을 바라보며 진한 웃음을 터트렸다.

"직접 눈으로 보고 싶지만."

야현은 몸을 돌리려다 말고 한 건물을 쳐다보았다.

소림사 대웅전.

"그냥 갈 수는 없지."

야현이 대웅전을 향해 손을 휘저었다.

화르르르륵!

큰 불길이 일어나 대웅전을 휘감았다.

"가자."

"우히히히!"

야현과 카이만이 이내 그 자리에서 사라졌다.

그리고 얼마 후, 십여 명의 검은 승복을 입은 무승들이 모습을 드러냈다.

"멀리 가지는 못했을 것이다! 찾아라!"

흑승들은 야현과 카이만이 서 있던 흔적을 중심으로 사방으로 퍼졌다.

야현과 카이만이 서 있던 자리 근처, 고목 한 그루 가지에 자그만 물체가 올려져 있었다. 그건 바로 소림사 경내를 생생하게 비추는 영상 통신구였다.

아마도 그 영상 통신구가 비단 하나뿐만은 아닐 듯싶다.

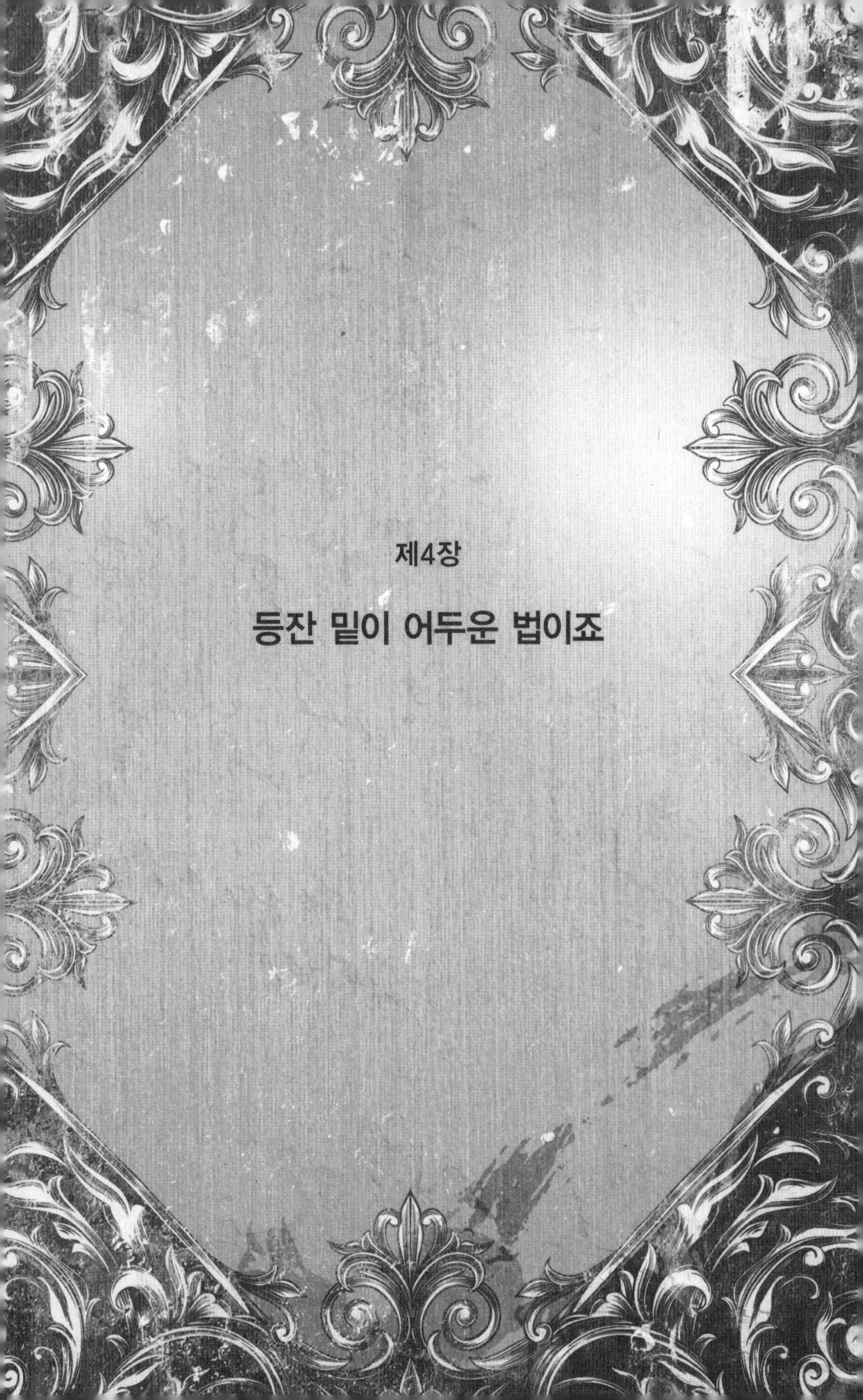

제4장

등잔 밑이 어두운 법이죠

Vampire

까악! 까악!

검은 까마귀 한 마리가 여명을 깨웠다.

언제나 웃음을 잃지 않고 온화한 표정으로 일관하던 소림사 방장 원중이었다. 그런 그가 온몸을 부들부들 떨며 한 곳을 바라보고 있었다.

한때는, 아니 어제는, 아니 불과 몇 시진 전만 해도 웅장함을 자랑하던 대웅전이었다. 그런 대웅전이 새카맣게 전소되었으니 아무리 그라고 해도 분노가 안 일어날 수가 없었던 모양이었다.

"쯧쯧쯧."

그런 원중 곁으로 일암이 조용히 다가와 섰다.

"사숙조님."

"너무 화려했어. 소박하게 다시 지어야겠어."

"……사숙조님."

"무너진 대웅전이야 다시 지으면 그만 아닌가?"

"하오나 부처님이……."

"저기 불탄 게 부처님이신가? 소승이 보기에는 아닌 것 같은데. 다 허울이야 허울."

일암이 원중의 얼굴을 직시하며 말을 이어갔다.

"방장."

"예, 사숙조님."

"방장이 슬퍼하고 분노할 일은 대웅전이 탄 게 아니라 무의미한 살계에 많은 이들이 죽어간 것일세."

"……소승의 생각이 짧았습니다."

일암의 말에 원중의 눈이 흔들렸고, 이내 그는 자신의 잘못을 깨달았는지 합장을 하며 허리를 숙였다.

"아미타불."

일암도 그런 원중을 보며 불호로 응답했다.

"일단 안으로 드시지요."

원중은 나한전주 굉허에게 뒷정리를 맡기고 일암과 함께 방장실로 향했다.

"차 한 잔 내오리까?"

"차는 무슨, 물이나 한 잔 주시게."

일암의 말에 원중은 찻잔에 깨끗한 물 두 잔을 내어왔다. 물로 컬컬한 목을 축인 후 일암이 먼저 입을 열었다.

"피해는 큰가?"

"제법 됩니다."

"아미타불."

일암은 눈을 감고 불호로 무승들의 죽음을 위로했다.

"수뇌는 찾으셨습니까?"

"미안허이."

원중의 질문에 일암은 고개를 저었다.

흑림이 나서서 소림 주변을 뒤졌지만 흔적을 찾을 수 없었다. 아니, 대웅전이 내려다보이는 중턱에서 흔적은 찾았지만 그게 다였다. 마치 하늘로 솟아난 것처럼.

"사숙조께서 사과하실 일은 아닙니다."

"언뜻 보기에 사파인들로 보였는데 맞는가?"

"그렇습니다. 그리고……."

"……?"

"강시도 다섯 구 있었습니다."

원중의 말에 일암의 눈이 부릅떠졌다.

"강시?"

피해가 제법 컸지만 금강전과 나한전 무승들만으로도 훌륭하게 막아냈기에 흑림은 나서지 않았다. 그래서 세세한 상황을 알지 못했던 것이다.

"사도련이 마교 손에 무너졌지?"

"무너졌다기보다 흡수되었다가 맞을 겁니다."

일암의 미간이 좁아졌다.

마교의 손에 무너진 사도련이 소림사를 친다? 말도 안 되는 일이다. 결국 마교의 입김이 닿았다는 뜻이다.

"그리고 본사에 침입한 이들 중에 정상인은 없었습니다."

"그 말이 무엇인가?"

"정확히 밝혀내지는 못하겠지만 사악한 비약으로 이지가 말살된 상태였습니다. 그리고 내력 폭주뿐만 아니라 진신 내력까지 모두 사용하여 생기를 잃고 죽은 이들도 부지기수입니다."

"아미타불."

인간으로서 해서는 안 될 것들이 말로 흘러나오자 일암은 불호로 탄식했다.

"어찌할 생각이신가?"

일암은 짧은 생각을 마치고 물었다.

"이 사실을 천하에 알리고 지지부진한 무림맹을 빨리 세우려 합니다."

"그래야겠지."

고개를 끄덕이는 일암의 표정은 그다지 좋지 못했다.

천마는 폐관수련에서 나오자마자 순식간에 사도련을 집어삼켰다. 그리고 정파 무림의 상징적인 기둥인 소림사에 칼을 휘둘렀다.

누가 봐도 마교의 짓이다.

아귀가 착착 들어맞았다.

너무나도 잘 들어맞아 다른 예상은 있을 수 없었다.

하지만 그 순간.

'과연 마교의 짓일까?'

일암은 또 다른 검은 별을 떠올렸다.

그렇게 마교의 짓이 아닐 수도 있다는 생각이 떠오른 것이다. 그러나 그 생각을 입 밖으로 내지는 않았다. 마교든 아니든 일단 정파 무림은 무림맹이란 이름으로 뭉쳐야 했고, 그럴 거라면 그 상대로는 이미 드러난 마교가 좋았기 때문이었다.

'천하가 피로 물들겠구나. 아미타불.'

* * *

"음?"

천마가 마뇌의 보고에 묘한 음색을 터트렸다.

"다시 말해 봐."

못 알아들어서가 아니다.

다시 듣고 싶어서였다.

그런 사실을 알기에 마뇌도 빠르고 간략하게 다시 보고했다.

"삼 일 전 소림사에 정체를 알 수 없는 이들이 암습을 했다고 합니다."

"그들이 사파인들이고, 그들 사이에 강시가 있었고?"

"그러하옵니다."

천마는 꼬았던 다리를 풀고 몸을 앞으로 가져갔다.

"영락없이 우리 짓으로 보이겠군."

"소림사를 중심으로 본교를 규탄하며 빠르게 무림맹을 발족시키려 하고 있습니다."

천마가 마뇌의 보고에 인상을 찌푸렸다.

"그놈이겠지?"

"……."

마뇌는 고개를 숙이는 걸로 대답을 대신했다.

심증은 가나 물증이 없으니 확신을 하지 못하는 것이다. 그리고 그가 확신하지 않는 이상 함부로 입 밖으로 내뱉는 성격이 아님을 천마는 알고 있었다.

천마는 자리에서 일어나 사도성 대전을 쳐다보았다.

마교는 무난하게 사도련을 무너트리고 흡수했다. 문제는 그것이 알맹이가 없는 빈껍데기라는 것이다.

"마뇌."

"하명하시옵소서, 천마시여."

"그자는 찾아봤나?"

"속하가 불민하여."

마뇌를 탓할 것도 아니었다.

아무리 마교가 천하를 양분하는 거대한 조직이라고 해도 이는 무력에서나 그렇지, 중원이라는 땅덩어리만 떼어놓고 본다면 그 영향력은 신강을 중심으로 얼마 되지 않는다. 물론 중원 곳곳에 눈과 귀가 있지만 미미한 수준이었다.

야현이 작심하고 중원으로 숨어든다면 마교로서는 그들의 흔적을 찾기란 어려운 일이다.

"앞으로의 예상은?"

"무림맹과의 일전은 피할 수 없어 보입니다."

"꼴이 우습게 되었군."

천마는 눈가를 일그러트리며 야현을 떠올렸다. 여전히 이해가 되지 않는 부분이 불쾌함을 주었다. 하지만 그것은 그것이고, 일단은 눈앞에 닥친 것부터 해결해야 한다.

"무림맹이 결성되기까지는 시간이 걸리겠지?"

"아무리 빨라도 두어 달 이상은 걸릴 것이옵니다."

주요 문파의 수장들이 모이는 시간만도 족히 보름이 넘어갈 것이다.

"본교는?"

"대략적으로 한 달이면 어느 정도 중원 진출을 꾀할 수 있사옵니다."

천마는 몸을 틀어 마뇌를 쳐다보았다.

"마음에 안 들지만 본좌의 이름이 있고, 본교의 위엄이 있으니."

천마의 안광이 시리도록 깊어졌다.

"잡아들인 사파인들을 전부 중원에 풀어. 그리고 광혈단을 먹여서 중원을 흔들어라."

"……."

"그 후에 중원으로 나간다."

"명!"

마뇌는 떨리는 목소리로 바닥에 머리를 찧으며 복명했다.

* * *

야풍장 장주실.

야현은 술잔을 빙빙 돌렸다.

"신장, 서장, 운남, 광서, 광동에서 소수의 무리가 중원으로 이동하고 있습니다."

"어쩔 수 없이 끌려는 가야겠고, 그러기에는 자존심이 허락하지 않는다. 그래서 판을 키운다."

월영의 보고에 야현은 천마의 생각을 정확히 짚어내며 술잔을 다시 채웠다.

"훗!"

야현은 입꼬리 한쪽을 말아 올리며 술잔에 담긴 술을 입에 털어 넣었다.

"대단한 자신감이야."

판을 키워 단숨에 중원을 정리하고 자신을 향해 검을 들겠다는 의미. 단순한 생각이었지만 자신이 없으면 행할 수 없는 행동이기도 했다.

"목적지는?"

"좀 더 그들의 행보를 지켜봐야 정확히 알겠지만 사천, 무당, 제갈, 남궁 중 한 곳일 듯싶습니다."

월영이 제갈지소를 슬쩍 쳐다보며 말했다.

"혈성파는?"

"일단 제갈세가와 하오문을 통해 조금씩 중원으로 데려오고 있지만 지지부진한 상태입니다."

야현이 미간을 찌푸렸다.

"세간의 이목을 숨겨야 하기에 마땅히 그들을 품을 곳이 없습니다."

톡톡톡.

흑오의 보고에 야현은 탁자를 두들기며 생각에 잠겼다.

"본인이 너무 안이하게 움직였던 것 같군."

야현은 술잔을 비우며 다시 말을 이었다.

"너무 어둠 속으로 숨으려고만 했어. 최소한 대외적으로 드러난 세력 중 몇은 가졌어야 하는데 말이야."

야현은 제갈지소를 쳐다보았다.

"오파일방은 무리고, 오대세가 중 본인이 손에 넣을 수 있는 곳은?"

그 질문에 제갈지소는 잠시 생각에 잠겼다가 입을 열었다.

"일단 사천당문이 가장 먼저 떠오릅니다."

"사천당문이라. 이유는?"

"철저하게 외부와 단절된 폐쇄적인 가문이라 손에 넣는다면 숨겨둔 암패로 이용하기에 좋습니다."

"그리고?"

"남은 남궁, 황보, 모용 이 세 가문 가운데 모용세가는 지리적 요건으로 배제하는 것이 좋다고 여겨집니다. 남은 것은 황보와 남궁가이온데, 그중 주춧돌이 사라진 남궁세가가 가장 좋은 먹잇감으로 보입니다."

"남궁세가라……."

"마침 일살문도 남궁의 무공을 익히고 있으니 제격이라 판단됩니다."

야현은 고개를 돌려 초량을 쳐다보았다.

"그대의 생각은?"

"속하의 생각에도 두 세가가 가장 적당해 보입니다."

"두 세가면 혈성파를 다 감당할 수 있겠나?"

"가능합니다."

야현은 고개를 끄덕이며 다시 제갈지소를 보았다.

"제갈, 사천, 남궁이면 무림맹을 휘어잡을 수 있겠나?"

"최소한 소녀의 뜻에 반하지 않게 할 자신은 있습니다."

"좋아."

야현이 고개를 끄덕였다.

"가가, 아니 주군."

제갈지소가 야현을 다시 불렀다.

"말해."

"속하의 가문을 독립 가문으로 인정하여 주세요."

야현의 눈매가 가늘어졌다.

제갈지소의 말은 그녀가 야현의 품을 떠나 후계자를 비롯해 직계 뱀파이어를 만들어 독자적인 가문을 구축하겠다는 뜻이다.

"소녀가 아무리 제갈세가의 가주로 있다 하여도 움직임에 제약이 제법 존재합니다."

아무리 가주라고 하여도 홀로 가문을 이끄는 것은 아니다. 그녀를 보필하는 가문의 중추인물들이 있기 마련이다.

중추인물들을 그녀의 직계로 채워 완벽히 가문을 지배하겠다는 뜻.

"허락하지."

사천당문과 남궁세가를 가진다면 그들도 독립 가문으로 만들어야 할 터. 중원을 가지기로 마음을 먹었을 때 진작 제갈세가를 독립가문으로 만들었어야 했다.

"소림사 주최 회의가 언제지?"

"보름 후예요."

"보름이라. 바쁘겠군. 흑오, 그대는 혈성파에 대한 사안은 잠정 유보시키고. 초량, 그대는 사천당문과 남궁세가를 포함해서 앞으로의 계획을 수정해 놔. 그리고 제갈지소."

"예, 주군."

"그대는 제갈세가, 남궁세가, 사천당문을 본인의 독립 가문으로 가정하여 무림맹에 관해 일을 꾸려."

"알겠습니다, 주군."

"시간이 없으니 이만 회의를 파하지."

야현이 자리에서 일어났다.

"베라칸, 코스카."

"예, 주군."

"명."

야현의 말에 베라칸과 코스카가 자리에서 일어났다.

"그대들은 본인과 함께 가지."

야현은 그 둘과 함께 그 자리에서 사라졌다.

*　　*　　*

"후우—."

사천당문 가주 당한경은 피곤한 듯 깊은숨을 내쉬며 차를 들었다. 따뜻한 차가 몸 안으로 들어오자 노곤함이 조금은 씻기는 듯했다.

그 감정에 당한경은 쓴웃음이 지어졌다.

같은 세대의 친우들은 전대 가주로 물러났거나 무림에서 금분세수를 하고 은퇴를 했을 나이다.

"슬슬 물러날 때가 되었는가?"

당한경은 쑤시는 뼈마디를 주물렀다.

노구가 되며 육체가 한계에 다다른 것이다.

막강한 내력으로 육체를 유지하고 있지만 내년은 올해와 다르고, 내후년은 내년과 다르다. 그의 육신은 서서히 꺼져

가는 촛불과 별반 다르지 않았다.

굳이 다른 점을 꼽자면 그래도 삼십 년은 거뜬히 버틸 수 있다는 것 정도?

문제는 말 그대로 버티는 것이 전부라는 점이다.

서서히 죽어가는 몸을 느끼면서 말이다.

"그래도 림이를 보았고, 그 아이가 이만큼 컸으니 후회는 없는 건가?"

"과연 그렇습니까?"

아무도 없어야 할 방에 들려온 낯선 목소리에 당한경의 눈동자가 동그랗게 떠졌다.

적잖게 놀란 것이다.

하지만 여전히 무림 절대자 중 한 자리를 차지하고 있는 독성 당한경이다. 한순간 서슬 퍼런 기운이 그의 몸에서 깨어났다.

"진정하시지요."

야현이 양손을 활짝 펴며 다가갔다.

"사위?"

"오랜만에 뵙겠습니다."

야현은 부드러운 미소를 지으며 그의 맞은편에 앉았다.

"기척도 듣지 못했는데 어찌 들어왔나?"

당한경은 가는 눈매 속에서 눈빛을 번뜩이며 물었다.

"가진 몇 재주 중 하나입니다."

"오늘따라 사위가 달리 보이는군."

당한경은 야현의 몸에서 은은히 풍기는 강렬한 기도에 경계심을 드러냈다.

"오늘은 장인, 사위가 아닌 야회의 뜻을 전하기 위해 찾아왔습니다."

야현은 담담한 미소를 유지하며 말했다.

"야회?"

처음 듣는 단체이니 당한경은 당연히 의문을 드러냈다.

"하오문, 살수 등이 소속된 곳이라 보시면 됩니다."

"자네는 관인이 아니었던가?"

"말씀을 드리려면 길고 복잡하니 대충 위장이라고 해 두지요. 차 한 잔 마시겠습니다."

야현은 마치 남의 일을 말하는 것처럼 편하게 대답하며 빈 찻잔에 차를 따라 한 모금 마셨다. 좋은 찻잎이라서 그런지 차가 조금 식었지만 제법 향이 살아 있었다.

"아, 그리고 제가 그 회의 회주입니다."

야현은 차를 내려놓으며 잊고 있었다는 듯 가볍게 말을 덧붙였다.

당한경의 눈썹이 꿈틀거렸다.

"그래서 왜……."

"이런 말을 하려고 온 것은 아니고."

야현은 당한경의 말을 자르며 싱긋 웃었다.

"정말 만족하십니까?"

"만족? 무슨 만족?"

"늙어가는 삶, 썩어가는 육체, 나약해지는 몸…… 그리고 서서히 다가오는 죽음."

야현은 알 수 없는 미소를 지으며 당한경의 빈 찻잔에 차를 채웠다.

"지금 노부를 놀리는 것인가?"

당한경의 목소리가 더욱 서늘하게 내려앉았다.

"린 매가 말하지 않았나요? 본인은 허언을 하지 않는다고."

야현도 미소를 지우고 진중한 눈으로 당한경을 직시했다.

"늙지 않는 몸, 영원한 삶. 가지고 싶지 않으십니까?"

"어디 허황한 말로 노부를 현혹하려는 것이냐?"

카랑카랑한 호통, 그러나 흔들리는 눈동자.

그때였다.

검은 눈동자 안에 숨을 죽이고 있던 야현의 붉은 동공이 커진 것이다.

권능, 매혹.

매혹이 짙어지면 최면이 된다.

그러나 매혹이 옅으면 설득이다.

당한경 같은 절대자들에게 매혹이나 최면을 거는 것은 불가능하다. 그러나 마음의 빈틈을 노린다면 자연스러운 설득은 가능하다.

그리고 야현은 당한경에게서 마음의 빈틈을 보았다.

더욱 오래 살고 싶은 욕망.

그 욕망이 굳건한 마음에 아주 미세한 틈을 만든 것이다.

"현혹이 아니라 진짜 영생을 얻을 수 있다면?"

야현의 붉은 눈동자가 가진 권능이 당한경의 눈으로 스며들었다. 그리고 야현의 확신에 찬 어조에 당한경은 입을 꾹 닫았다.

"그럼 쉽게 이야기를 풀어갈까요? 장인과 사위로서 말씀을 드리지요. 사위의 선물입니다. 장인께 드리는."

"믿을 수 없다. 영생이라니."

눈은 진실의 창이라고 한다.

말로는 믿을 수 없다 하지만 그의 눈은 간절히 바라고 있었다. 야현이 제안한 영생이 진실이기를.

"믿어도 됩니다. 눈앞에 앉아 있는 본인이 바로 영생의 삶을 살아가고 있으니."

야현은 날카로운 송곳니를 드러내며 히죽 웃음을 지었다. 그리고 팔을 들었다.

서걱!

차가운 바람이 만들어낸 칼날이 야현의 팔을 단숨에 잘라 버렸다.

털썩!

잘린 팔이 바닥으로 떨어져 파닥거렸다.

"……!"

당한경이 그 광경에 숨을 삼켰다.

야현이 그런 당한경을 보며 더욱 진한 웃음을 드러냈다.

"흠!"

허공으로 둥둥 떠오른 팔이 제자리를 찾으며 언제 잘렸냐는 듯 복원되는 기괴한 장면에 당한경은 묵직한 신음을 터트렸다.

그의 머릿속에 영생의 두 단어만이 틀어박혀서일까, 사람이라면 팔이 잘렸을 때 쏟아져야 할 피의 양이 매우 적다는 사실을 인지하지 못했다.

"뭐, 이걸로 영생을 증명할 수는 없지만…… 제법 나쁘지 않은 능력 아닌가요?"

당한경은 야현의 얼굴과 잘렸던 팔을 번갈아 쳐다보았다. 뭔가 말을 하려는 듯 입술이 달싹거렸지만 입을 열지 않았고, 그렇게 한참의 시간이 흘렀다.

"그래서 자네가 얻는 것은 뭔가?"

"영원한 본인의 아군."

야현의 그 말에 당한경은 고개를 저으며 다시 물었다.

"자네가 원하는 것은 뭔가? 당가를 아군으로 만들면서까지 바라는 것."

"천하의 어둠."

"……!"

"천하의 낮은 황제의 것이오, 천하의 또 다른 이면인 무림은 무림인의 것. 본인은 이 둘의 이면인 어둠을 가지려 합니다."

이번에는 야현이 당한경에게 물었다.

"노부가 갖는 것은?"

"영생. 그리고 영원한 사천당문."

당한경은 주먹을 슬쩍 쥐었다.

그는 몰랐다.

그의 동공이 짧지만 붉은색으로 변했다가 사라졌음을.

콰드드득!

당한경의 침소 장판석이 들리고 드러난 땅이 갈라졌다. 깊게 파인 땅속으로 그의 시신이 눕혀졌다. 그리고 갈라진 흙이 다시 메워졌고, 언제 들렸냐는 듯 장판석이 말끔히 제자리를 찾았다.

"생각 같아서는 설득이고 뭐고 죽여 놓고 시작하고 싶었지만."

말이 쉽지 상대는 독성 당한경이었다.

그를 죽이려면 죽일 수 있겠지만 그 과정이 어렵다. 더욱이 그를 죽여야 할 곳은 다른 곳도 아닌 사천당문 한 중앙이다. 그렇기에 시간을 들여 설득을 시켰던 것이다.

물론 논리적인 설득이 아닌 권능을 곁들인 설득이기는 했지만.

야현은 피곤한 듯 목을 틀었다.

"그럼 내일 자정에 뵙지요. 장인."

돌아서던 야현이 비릿한 웃음을 히죽 짓더니 그가 뒤어진 바닥을 다시 내려다보며 입을 열었다.

"아, 이 말씀을 안 드렸군요. 장인은 영원히 제 뜻을 거역하지 못합니다. 그대는 그리 생각하지 않았던 것 같지만."

야현은 허공을 찢었다.

"크크크, 크하하하하!"

웃음만 남긴 채 남궁세가로 움직였다.

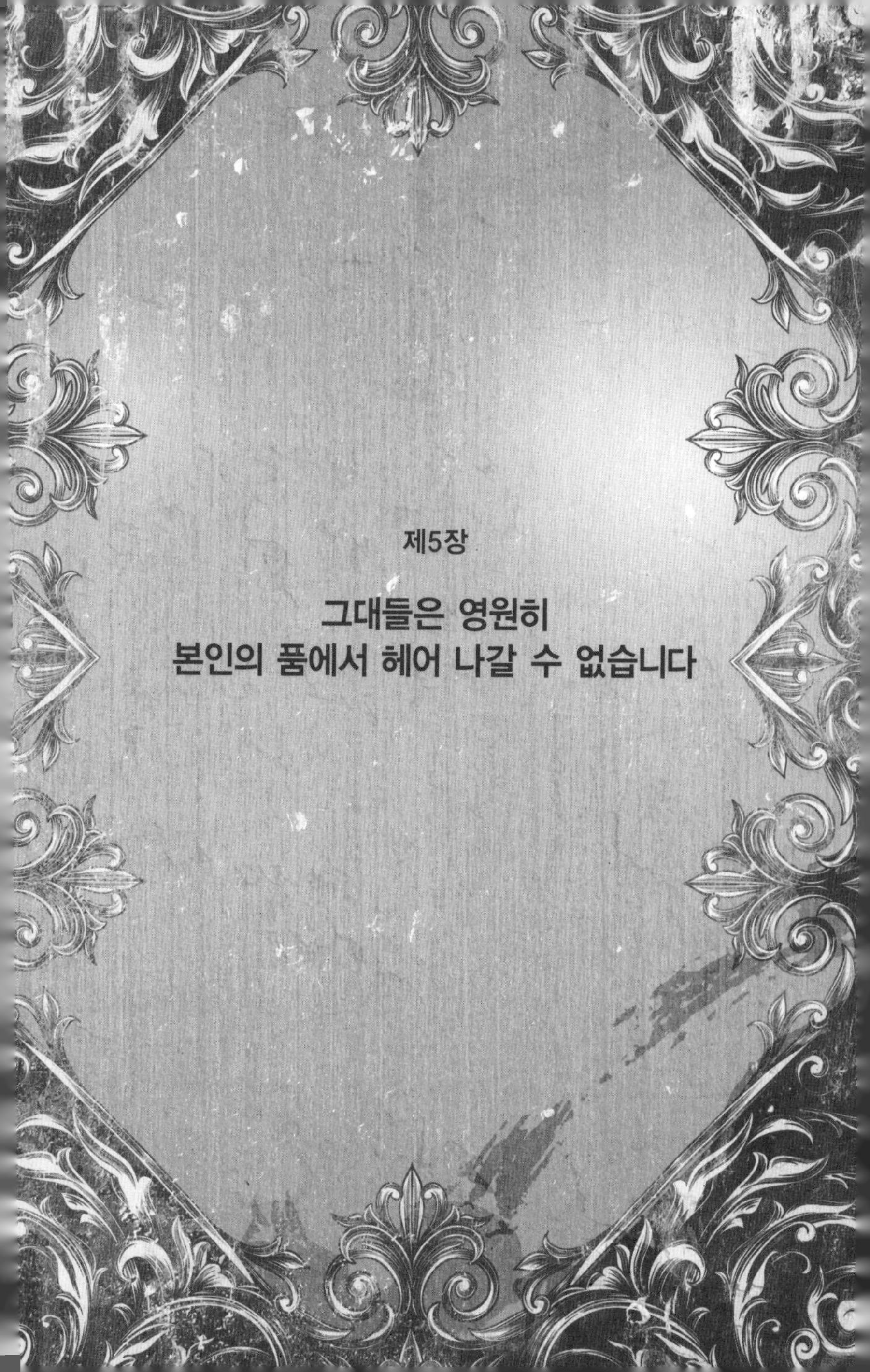

제5장

그대들은 영원히 본인의 품에서 헤어 나갈 수 없습니다

"크학, 크하아아악! 으아아아아아!"

굳게 닫힌 철문 너머로 광기에 사로잡힌 흉폭한 비명이 흘러나오고 있었다.

쾅! 쾅! 콰과광!

철문이 이내 흔들렸고, 그 힘에 돌가루가 우수수 떨어져 내렸다. 그 앞에 서 있는 가주 남궁문결의 핏발이 선 눈에서 굵은 눈물 한 방울이 흘러내렸다.

"가주님."

제검부단주 남궁선이 조용히 다가와 그를 불렀다.

"벌써 시간이 이리 되었나?"

남궁문결은 소매로 눈물을 훔쳤다.

"단주께서는 반드시 이겨내실 겁니다."

남궁선 역시 가주 연공실의 두꺼운 철문을 바라보며 말했다.

"이겨 낼 것이야. 무결이라면 반드시 이겨 낼 것이야."

둘은 대화를 마친 후로도 한동안 연공실을 바라보다 돌아섰다.

그 둘이 사라지고.

좌아악!

그 앞에 허공이 찢어지며 야현과 베라칸, 그리고 코스카가 모습을 드러냈다.

콰 콰과광! 쾅쾅!

"으아아악! 크하악!"

여전히 묵직한 파음과 비명이 새어 나오고 있었다.

"주화입마로군."

권능 투시로 철문 너머를 바라본 야현은 피식 웃음을 터트렸다. 왜 그가 이리되었는지 보지 않아도 알기 때문이었다.

"흐음?"

그러다 조소는 묘한 미소로 바뀌었다.

야현은 남궁세가에 오면서 적어도 남궁무결은 죽이고,

남궁문결을 뱀파이어로 만들어 남궁세가를 손에 넣으려 했었다.

"간만에 몸 좀 풀어야겠군."

야현은 가주 연공실 안으로 들어가기 위해 다시 허공을 찢었다.

단단한 석벽으로 만들어진 연공실.

빛 한 점 들어오지 않는 석실이었지만 천장에 박힌 야광주로 인해 어둡지는 않았다.

연공실에 들어서자마자 눈에 들어온 것은 벽면을 가득 채우고 있는 핏자국이었다.

그 핏자국의 대부분은 주먹이나 손바닥의 형상을 하고 있었다. 아니나 다를까, 석실 구석에 봉두난발로 서 있는 남궁무결의 손과 발은 처참할 정도로 뭉개져 있었다.

비단 그뿐만이 아니었다.

옷은 찢어질 대로 찢어져 헐벗은 거나 매한가지였다. 반라의 몸 곳곳은 상처로 뒤덮여 있었다. 그 상처도 자세히 살펴보면 손톱으로 난 상처들이었는데, 이 석실에 그 홀로 있으니 아마도 자해로 보였다.

"흡흡."

당연히 석실에는 혈향이 가득 차 있었고, 그 혈향은 야현의 후각을 자극했다.

"크하앗!"

조금 전 사천당문에서 피를 잔뜩 쓴 야현은 당연히 배고픔과 피가 주는 흥분을 이기지 못하고 울음을 토해냈다.

"으으으으으!"

구석에서 몸을 바들바들 떨던 남궁무결이 그 소리에 이끌려 고개를 돌렸다.

"크르르르."

남궁무결이 내뱉은 목소리는 사람의 말이 아니었다. 그저 감정만 담은 울음일 뿐이었다.

"이지가 말살된 듯 보입니다."

베라칸이 앞으로 한 걸음 내디디며 말했다.

"저 모습에 제정신이면 그게 더 이상해 보이지 않나?"

구부정한 자세로 위협적인 울음을 터트리는 남궁무결의 얼굴은 야현의 말처럼 정상이 아니었다. 스치기만 해도 터질 듯 부푼 혈관이 남궁무결의 얼굴을 가득 채우고 있었다.

"으하아악!"

남궁무결은 기합도 고함도 아닌 울음을 터트리며 야현에게로 달려들었다.

팟!

단순한 움직임이었지만 속도는 상상 이상이었다.

남궁무결은 단숨에 거리를 좁히며 야현의 머리를 향해 뭉개진 주먹을 휘둘렀다.

야현은 그 주먹을 피해 뒤로 물러났고.

콰직!

베라칸이 그런 남궁무결의 후미를 점하며 주먹으로 척추를 후려쳤다.

"크아악!"

허리가 부러지며 남궁무결은 바닥으로 쓰러져 고통에 찬 비명과 함께 몸부림쳤다.

베라칸과 코스카가 그런 남궁무결의 양팔을 발로 눌러 더 이상 몸부림치지 못하게 포박했다. 야현은 허리가 부러져 서서히 숨결이 약해지는 남궁무결의 위로 올라타 그의 목을 물었다.

콱!

야현이 목을 물자 본능적으로 무언가를 느낀 것인지 남궁무결은 눈을 부릅떴다. 그리고 피를 더는 빨리지 않기 위해 더욱 억세게 몸부림을 치기 시작했다.

그런 몸부림도 잠시.

피가 대부분 빨려나가고 남궁무결의 몸부림도 서서히 미약해져 갔다. 그때 야현이 날카로운 이로 손목을 찢어 남궁무결의 입으로 가져갔다.

"흡!"

초점이 풀리고 서서히 감기던 눈이 번쩍 떠졌고, 남궁무결은 급히 야현의 피를 마셔대기 시작했다.

"크크크크크."

야현은 피가 빨려나가는 기분 나쁜 상황에서도 피를 빠는 남궁무결의 모습에 웃음을 터트렸다.

이내 피를 모두 빨고 잠이 들듯 남궁무결이 숨을 거두자 야현은 석실 바닥을 갈라 그를 묻었다.

* * *

그날 자정.

당한경의 침소에 놓인 탁자에 야현이 베라칸과 코스카와 함께 차를 마시고 있었다.

"남궁무결은 몰라도 당한경은 위험하지 않겠습니까?"

베라칸이었다.

"위험하지. 그래서 본인이 일위를 뱀파이어……."

야현은 말을 하다 말고 갑자기 멈췄다.

"크크크."

그러다 갑자기 웃음을 터트렸다.

"등잔 밑이 어둡다고 하더니. 가장 가까운 곳에 본인에게 무공을 가르쳐 줄 인물이 있었어."

야현은 기분 좋은 미소를 지으며 베라칸을 쳐다보았다.

"어디까지 말을 했었지? 아, 그렇군. 위험하지. 본인이 피의 사슬을 깨트리고 블러드 문을 죽일 수 있었던 것도 내력의 힘 덕분이었으니. 아슬아슬하지만 본인의 힘이 그보다 크고, 그를 뱀파이어로 만들 때 권능을 주지 않았어."

야현은 찻잔을 비우며 말을 이었다.

"무림인 출신의 뱀파이어는 그만큼 위험해."

"앞으로 무림 출신의 뱀파이어에게는 권능을 하사하지 않으실 생각이시온지요."

"권능을 내리면 더욱 강한 병사들이 되겠지만 위험은 최대한 배제해야지. 그리고……."

야현은 품에서 한 장의 양피지를 꺼냈다.

피로 맺는 종속의 인장, 계약서였다.

"거기에 이거면 충분히 당한경을 본인의 칼로 쓸 수 있을 거야."

드득, 드드득!

야현의 말이 끝날 때쯤 탁자 아래 장판석이 들썩거렸다.

"깨어났군."

야현은 앉은 자리에서 손을 휘저었다.

장판석 십여 장이 허공으로 떠올랐고, 드러난 맨바닥이 갈라졌다.

"크흐으!"

갈라진 흙더미 사이에서 깨어난 당한경이 가는 울음을 토해내고 있었다. 아직은 정신이 온전히 깨어나지 않은 듯 미약했다.

야현이 그에게 손을 뻗자 그의 몸이 야현에게로 끌려 올라갔다.

야현은 그 앞에 종속의 인장 계약서를 펼쳤다.

"피로 이 계약을 맺습니다."

야현은 차갑게 미소를 지으며 날카로운 손톱으로 당한경의 뺨을 그었다. 갈라진 뺨에서 떨어지는 핏방울을 양피지에 떨어뜨리고, 이어 자신의 피를 떨어뜨렸다.

"이로써 그대는 본인에게 종속되며 배반의 의지조차 가질 수 없습니다. 계약 위반을 하게 되면 고통은 소멸로 이어집니다."

말을 마친 야현은 종속의 인장 계약서를 찢었다.

거무칙칙한 빛이 만들어져 야현의 심장과 당한경의 심장으로 스며들었다.

흡족한 미소와 함께 야현은 손바닥을 비비며 자리에서 일어나 아공간에서 물주머니를 꺼냈다.

그리고 바닥에 누워 신음하는 당한경을 품에 안으며 그의 입으로 물주머니를 가져갔다.

"음!"

물주머니에 담긴 피를 느끼자 당한경은 두 눈을 부릅뜨고 그 피를 마시기 시작했다.

"살아 있는 인간의 피가 좋지만 때와 장소가 이러니…… 일단은 이걸로 만족하세요."

상당한 크기의 물주머니가 비워지고 야현은 다시 그를 바닥에 눕혔다.

그리고 얼마 후.

"끄으으."

당한경이 신음과 함께 눈을 떴다.

흐렸던 조금 전과 달리 그의 눈동자는 이지가 돌아와 맑았다.

"정신이 듭니까?"

위에서 들리는 목소리에 당한경은 고개를 돌려 탁자에 앉아 있는 야현을 올려다보았다.

"흠."

나직한 침음성.

그러나 기분 좋은 음성이었다.

당한경은 자리에서 일어났다.

“기분이 묘하군그래. 뭐라고 해야 하나?”

그 기분은 야현도 안다.

그리고 어느새 자리에서 일어나 야현의 뒤에서 호법을 서고 있는 코스카도 안다. 그 둘뿐만 아니라 뱀파이어라면 누구나 안다.

아는 정도가 아니라 평생 그 감각을 잊지 못한다.

새로운 삶의 시작이자 탄생의 그 기분을.

“각자마다 느끼는 것은 다르지만 기분 좋은 감각이지요.”

“뭐라 말로 표현은 못하겠지만 하늘을 날 듯 상쾌하군.”

당한경은 기분 좋은 미소를 지었다.

야현이 손짓을 하자 방 한구석에 놓인 거울이 날아와 당한경 앞에 섰다.

“마음에 드실 겁니다.”

“음?”

당한경은 의아한 표정을 지으며 거울을 쳐다보았다.

“헛!”

이내 짧은 감탄을 터트렸다.

“지, 지금 보고 있는 이 얼굴, 참인가?”

당한경은 빠르게 말을 내뱉으면서 거울에 비친 얼굴을 손으로 매만졌다.

새하얗게 센 머리와 수염은 달라지지 않았지만 자글자글 하던 주름과 보기 흉하던 검버섯들이 사라진 것이다. 그렇다고 거울에 비친 얼굴이 한창 젊은 때인 이삼십 대의 얼굴은 아니었다.

중후함이 드러난 사십 중후반의 얼굴이었다.

당한경은 이어 웃옷을 젖히며 몸을 내려다보았다.

늘어진 살가죽은 없었으며, 다부진 근육이 보였고 느껴졌다.

"하하하하하!"

당한경은 침소가 떠나갈 듯 기쁨에 찬 대소를 터트렸다.

"마음에 드셨는지 모르겠습니다."

"기쁘다 말다. 암, 기쁘다 말다!"

"영생의 몸이 노구라면 좀 그렇지요. 그래서 조금 젊게 해드렸습니다. 설마 청춘을 그리워하셨던 것은 아니시지요?"

"물론 그때로 돌아간다고 해도 좋았겠지만 그 모습은 너무 낯부끄럽지. 지금이 딱 좋네."

야현은 신기한 듯 자신의 몸을 거울을 통해 살피는 당한경을 보며 비릿한 웃음을 지었다.

독주에 취한 것이다.

독이 그 어떤 독인지 모른 채.

"크크크크."

야현은 소리 없는 웃음을 삼켰다.

*　*　*

쪼르르르.

"연륜이 있으니 간단히 명심할 것만 알려드리지요."

야현은 당한경의 찻잔에 차를 따랐다.

"오늘부터 일주일간은 무조건 사람의 피를 마실 것."

"피?"

당한경의 목소리가 살짝 높아졌다.

"정신을 차리기 전에 마셨던 달콤함을 기억하시나요?"

"……물이 아니었나?"

달콤하면서도 시원한 맛을 떠올린 것이다.

"피입니다."

야현의 대답에 당한경의 인상이 굳어졌다.

"모든 것에는 대가가 따르는 법이지요. 앞으로 음식은 드실 수 없습니다. 술이나 차 같은 액체는 괜찮습니다."

야현이 찻잔을 슬쩍 들어 보이며 말을 한 후 마셨다.

"그리고 일주일 후부터는 원하시면 동물의 피를 마시면 됩니다."

"피라."

"굳이 말씀을 드리자면 동물의 피로 연명을 할 수 있지만 힘은 조금 약해질 것입니다."

생각에 잠겨 있던 당한경은 고개를 끄덕이며 말을 이어받았다.

"고민을 해야겠군."

아직까지는 사람의 피가 주는 거부감을 느끼는 모양이었다. 그렇지만 천생 강해지기 위해 독을 먹으며 수련해 온 당한경이었다. 힘과 직결된다는 이야기에 당한경은 여느 뱀파이어와는 달리 노골적으로 거부반응은 보이지 않았다.

"그건 알아서 판단하시고."

야현은 당한경을 향해 몸을 가져갔다.

"이제 본인을 좀 도와주셔야겠습니다."

"도와줄 수 있는 건 도와주지."

역시나.

그 말에 야현은 씩 웃으며 말했다.

"본인이 사도련을 가졌습니다."

"사도련? 마교에 무너진 것이 아니었나?"

사도련이 마교에 무너졌고, 마교의 뜻에 따라 소림사를 습격했음을 당한경도 이미 알고 있었다.

"무너졌습니다."

"……?"

"정확히 말하자면 사도련은 반으로 찢어져 반은 마교에, 반은 본인의 그늘로 재편입 되었다고 보시면 됩니다."

당한경의 눈매가 굳어졌다.

"일단 그들을 중원에 데려와야 하는데 마땅히 숨겨둘 곳이 없습니다. 장인께서 그들을 좀 숨겨 주셔야겠습니다."

"지금 노부에게 그들을 숨……."

말을 하던 당한경의 얼굴이 급격히 굳어졌다.

조금 전 표정이 굳어졌던 것과는 다른 이유에서였다.

"노, 노부의 몸에 무슨 짓을……."

"아, 본인이 이 말을 하지 않았던가요? 본인이 장인을 새로이 태어나게 만든 마스터입니다. 중원어로 의역한다면 부모? 그쯤 되겠군요. 자식이 부모의 뜻을 거스를 수는 없지요. 안 그렇습니까?"

야현이 어깨를 슬쩍 들어 올리며 미소 지었다.

그 미소에 반해.

"……."

당한경은 입을 꾹 닫은 채 야현을 노려보았다.

*　　*　　*

남궁세가 가주 연공실.

어두운 석실에 야현과 베라칸, 코스카가 서 있었다.

"과연 따르겠습니까?"

코스카가 의구심을 드러냈다.

"굉장히 영악하면서도 욕심이 많은 인물이지. 그래서 망설이기는 하겠지만 결국은 본인의 뜻을 저버리지는 못할 것이야. 더욱이 그의 딸이 본인의 처가 아닌가?"

야현은 비릿한 미소를 지었다.

"흑오에게 연락은 취했나?"

"보름 후, 무림맹 창설에 들어갈 때 혈성파 인물들을 사천당문으로 보낸다 합니다."

야현은 고개를 끄덕이며 연공실 바닥을 내려다보았다.

얼마 후, 당한경이 깨어난 것처럼 남궁무결이 눈을 떴고, 야현은 그를 땅에서 꺼냈다. 그리고 당한경처럼 종속의 인장, 계약을 맺었다.

"먹어라."

당한경과 달리 야현은 죽은 듯 기절해 있는 한 중년 사내를 깨어난 남궁무결 앞에 던졌다.

당한경은 개방된 그의 침소에서 눈을 떴기에 어쩔 수 없이 싱싱한 피를 주었지만, 이곳은 그곳과 달리 폐쇄된 연공실이었다.

"크흐으."

목이 타는지 연신 울음을 터트렸지만 그럼에도 남궁무결은 그저 어쩔 줄 몰라만 하고 있었다.

"쯧."

야현은 마땅찮은 듯 나직하게 혀를 차며 중년 사내를 향해 손을 휘저었다.

사각!

날카로운 바람이 중년 사내의 목을 베었고, 상처에서 피가 흘러나왔다.

"킁킁!"

강한 피 냄새에 남궁무결은 짐승처럼 냄새를 맡으며 다가가더니 거칠게 사내의 몸을 깨물었다.

"설마 주화입마에서 벗어나지 못하는 것은 아니겠지요?"

코스카가 짐승처럼 피를 빠는 남궁무결의 모습에 미간을 찌푸리며 말했다.

"그렇다면 다크 나이트로 만들 수밖에. 그래도 온전히 정신을 돌아오는 것보다는 반백치로 깨어났으면 좋겠군."

이내 피를 모두 흡수한 남궁무결은 바닥에 철퍼덕 누웠다.

야현은 조용히 그가 깨어나기를 기다렸다.

"음."

잠시 후 미약한 신음과 함께 남궁무결이 눈을 떴다.

그의 눈에서 맑지도, 그렇다고 흐리지도 않은 혼탁한 안광이 드러났다.

"일어나라."

남궁무결은 잠시 멍하니 야현을 쳐다보고만 있었다.

"일어나라."

야현은 그 모습에 미간을 찡그리며 좀 더 강한 어조로 명령했다.

그 명에 남궁무결이 자리에서 일어났다.

"그대의 이름은?"

"……남궁무결."

백치가 되지는 않았다.

"본인은?"

"……."

그렇다고 이지가 온전히 돌아온 것은 아니었다.

"그대의 주군이다."

"주군."

야현의 입가에 흡족한 미소가 지어졌다.

"일단 그대의 형을 부르라. 누군지 기억하나?"

"남궁세가 가주, 남궁문결."

"불러라."

잠시 서 있던 남궁무결은 석실 구석 천장에서 길게 내려진 줄을 잡아당겼다.

일다경이 조금 못되어서.

"부, 부르셨습니까?"

석실 철문 밖에서 한 사내의 목소리가 들려왔다.

"가주를 불러 주게."

"다, 단주님!"

격정이 담긴 목소리가 들려왔다.

"이, 이제 정신이 돌아오신 겁니까? 몸은? 몸은 괜찮으신 겁니까?"

걱정 어린 목소리에 질문이 폭풍처럼 쏟아졌다.

남궁무결은 야현을 쳐다보았고, 야현은 고개를 끄덕였다.

"정신은 돌아왔다. 일단 가주를 불러 주게."

『홀로 오라 말하라.』

"알겠……."

"오실 때 홀로 오라 전하라."

야현의 전음에 남궁무결은 그 사내를 향해 빠르게 말했다.

"알겠습니다."

철문 밖의 인기척이 사라지고 남궁무결은 멍하니 서 있었다.

조금 전 남궁세가 무인에게 말을 하는 것을 보면 정상처럼 보였지만, 아무것도 하지 못하고 우두커니 서 있는 것을 보면 또 아닌 듯싶었다.

"스스로 사고는 하지 못하고 기억된 대로 움직인다. 기대한 만큼은 아니지만 나쁘지는 않군."

야현은 현재 남궁무결의 모습에 나름 흡족했다.

쾅쾅쾅!

철문을 두들기는 소리가 석실에 은은히 울렸다.

"무결아, 정신을 차린 것이더냐?"

다른 누군가의 목소리, 남궁문결이었다.

그 목소리에 남궁무결의 시선이 야현에게로 향했다.

『다행히 정신을 차릴 수 있었습니다.』

"다행히 정신을 차릴 수 있었습니다."

남궁무결은 야현의 말을 그대로 따라 그에게 말했다.

"그래, 다행이로구나. 참으로 다행이야."

『홀로 들어오라 하라.』

"문을 열어드릴 터이니 홀로 들어오십시오."

"왜? 문제가 있느냐?"

남궁무결의 말이 끝나기가 무섭게 걱정이 담긴 남궁문결

의 목소리가 바로 이어졌다.

"일단 문을 열거라. 어서."

야현이 고개를 끄덕이자 남궁무결은 철문의 빗장을 풀었고,

드르륵!

이어 밖에서도 빗장이 풀리는 소리가 들렸다.

그리고 두꺼운 철문이 열렸다.

철문 사이로 은은한 달빛과 함께 남궁문결이 연공실 안으로 들어왔다.

『문을 잠가라.』

야현의 명에 남궁무결은 자연스럽게 철문을 다시 굳게 닫았다.

"다행이구나."

남궁문결은 남궁무결을 끌어안으며 눈시울을 붉혔다.

"본인에게도 참으로 다행히 아닐 수 없습니다."

야현이 그런 남궁문결 앞으로 모습을 드러냈다.

"누구냐!"

남궁문결은 빠르게 남궁무결을 등 뒤로 돌리며 외쳤다.

"형제의 우애가 대단하군. 무공을 익히지 않은 형이 동생을 보호하고자 앞으로 나서다니."

야현은 그 모습에 히죽 웃으며 손을 뻗었다.

"컥!"

남궁문결은 야현에게로 끌려갔다. 야현은 남궁문결의 목을 움켜잡으며 얼굴 가까이 잡아당겼다.

"너, 너는…… 누구냐? 컥!"

"본인은 남궁세가의 숨은 주인이 되려고 합니다."

"그, 그게…… 끄으으, 가능할 것이라 보느냐?"

"가능합니다."

"그건 불가…… 헙!"

발악하듯 외치던 남궁문결은 야현 곁으로 조용히 시립하는 남궁무결의 모습에 두 눈을 부릅떴다.

"일단 한숨 자고 일어나면 편해질 거야."

콱!

야현은 남궁문결의 목을 물었다.

"으아아아악!"

고통에 찬 비명이 연공실에 쩌렁쩌렁하게 울려 퍼졌다. 그러나 그 소리는 연공실 철문 너머로 흘러나가지 못했다.

제6장

맛 좋은 먹잇감은 먹어야 제맛이죠

"사람들이 멋이 없어. 멋이."

야현은 소박하다 못해 단출한 남궁세가 가주실 안을 둘러보며 혀를 찼다.

"화이트 기사단은?"

야현은 탁자에 앉으며 곁을 지키고 있는 코스카에게 물었다.

"근처에서 대기 중입니다."

"남은 건 기다리는 것뿐인가?"

야현은 탁자에 발을 올려놓으며 목으로 손을 올려 팔베개를 했다.

"흠~, 흐음, 흠흠~."

비릿한 미소와 어울리지 않는 경쾌한 허밍이 나직하게 흘러나왔다.

바로 그 시각.

남궁세가 가주전 뒤 연무장에 처진 십여 개의 차양 아래, 긴 상들이 놓여 있었다. 그 상 위에는 푸짐한 음식들이 차려져 있었다.

상석에 남궁문결과 남궁무결이 앉아 있었고, 그 밑으로 남궁세가의 삼대 무력 단체인 제검단, 창궁단, 천풍단 소속 제자들이 자리하고 있었다.

흥겨운 장소에 술이 빠질 수 없는 법.

과하지는 않지만, 기분은 낼 정도로 모두 흥겨운 모습들이었다.

상석에서 그들을 바라보는 남궁문결의 눈은 벌겋게 충혈되어 있었다.

'마시지 마라! 제발 마시지 마라!'

손톱이 손바닥을 파고들 정도로 남궁문결은 억세게 주먹을 말아 쥐고 있었다.

"어디 불편하십니까?"

상석 바로 아래 앉아 있던 제검부단주 남궁선이 물었다.

"아니다. 괜찮다. 많이들 먹게."

속마음과 달리 남궁문결은 부드러운 미소를 보이며 대답했다.

얼굴은 웃고 있는데 속에서는 피눈물이 흐른다. 자신의 몸이 자신의 몸이 아닌 듯, 마치 꼭두각시처럼 그는 말하고 행동하고 있었다.

"그동안 내색하지는 않았겠지만, 애들 탔으리라 본다. 우리는 창궁, 하늘이다. 우리 남궁은 다시 저 높은 하늘로 날아오를 것이다. 수고했고…… 수고했다."

남궁무결은 자리에서 일어나 호탕한 목소리로 잔을 높이 들었다.

"마시자! 오늘은 마시자!"

그러고는 단숨에 술잔을 비웠다.

"창궁!"

"창궁!"

모두가 한목소리로 소리 높여 외친 후 남궁무결을 따라 호탕하게 술잔을 비웠다.

'무결아.'

남궁문결은 그런 남궁무결을 쳐다보았다.

그는 자신이 알던 동생이 아니었다. 그나마 자신은 자의적인 생각이라도 할 수 있었지만, 대화조차 제대로 잇지 못하는 것을 보면 동생은 아닌 것 같았다.

정말 살아 있는 꼭두각시가 된 것이다.

남궁문결은 입술을 꽉 깨물었다.

그렇지만 그도 의지와 상관없이 어느새 다른 이들을 따라 술잔을 털어 넣고 있었다.

시간이 흘러 하늘에 노을이 지고, 노을이 저물어 어둠이 찾아왔다.

어둠은 사람의 마음을 묘하게 흔든다.

대취한 이들은 없었지만 모두가 적당히 기분 좋게 취해 있었다.

그렇게 술독이 모두 비워지고, 술자리가 파하는가 싶었던 그때.

"컥!"

누군가가 목을 잡고 짧은 비명을 토했다.

"왜, 왜 그러는…… 크윽!"

와장창창창!

옆에 앉아 있던 동료도 이내 목을 움켜잡고 부들부들 떨다가 상 위로 엎어졌다.

그건 시작일 따름이었다.

시간의 차이를 논하기 어려울 정도로 남궁세가 제자들은 빠르게 쓰러져 갔다.

"가, 가주님. 이, 이게 어찌……."

그나마 내력이 높아 오래 버틸 수 있었던 제검부단주 남궁선이 믿기 어려운 현실에 흔들리는 눈동자로 남궁문결을 보며 힘겹게 물었다.

"……."

남궁문결은 입술을 깨물며 남궁선의 눈을 피했다.

쿵!

"……미안허이."

끝으로 남궁선이 쓰러졌고, 남궁문결이 어렵게 말문을 열었다.

제자들이 피를 토하며 쓰러졌지만 눈물조차 흘러내리지 않는다. 그러던 남궁문결의 몸이 갑자기 부들부들 떨리기 시작했다.

속박이 풀린 것이다.

"으아아아아!"

남궁문결은 고개를 젖혀 울부짖었다.

사박, 사바바박!

그 울부짖음이 마치 하나의 신호라도 된 것처럼 삼백의 인원이 어두운 달빛 아래 남궁세가의 담장을 넘었다. 붉은 안광을 번뜩이는 그들은 바로 화이트 기사단 기사, 뱀파이어들이었다.

"훗!"

허밍을 갑자기 뚝 멈춘 야현은 피식 조소를 머금으며 자리에서 일어났다.

"으아아아아!"

이어 남궁문결의 절규 어린 울음이 가주실 안으로 들려왔다.

팟!

동시에 어두운 빛 한 점과 함께 카이만이 모습을 드러냈다.

"우히히히히."

그가 모습을 드러낸 이유는 단 하나.

지금의 소란이 외부로 새어 나가는 것을 철저히 막기 위함이었다.

더불어 몇 가지 도움도 받고.

야현은 느린 걸음으로 가주실 뒷문을 열고 후원 연무장으로 나갔다.

가장 먼저 야현을 반긴 것은 피 냄새였다.

그 뒤에 맞이한 것은 조용한 피의 잔치였다.

딱!

야현은 손가락을 튕겨 남궁문결을 불렀다.

홀로 울부짖던 그는 언제 그랬냐는 듯 자리에서 일어나 야현 앞으로 걸어왔다.

야현은 남궁문결의 어깨에 팔을 걸치며 말했다.

"일주일간 가주실을 비롯한 내원은 출입 금지야."

"……."

"집사에게 그리 전해. 그 누구도 일주일간 내원에 들이지 말라고. 알았지?"

"……알겠습니다."

야현은 남궁문결의 어깨를 토닥였다.

"가 봐."

남궁문결은 짧지만 적의에 찬 눈으로 야현을 바라보고는 외원으로 나갔다.

그 눈빛에 야현은 피식 웃음을 삼켰다.

"우히히히, 저놈 눈빛 마음에 안 듭니다."

"그래 보이나?"

"자칫 사고를 칠까 염려됩니다."

"사고라……."

야현이 히죽 웃으며 카이만을 쳐다보았다.

"그럴 시간이 있을까?"

"우히히히히."

그 말이 무엇을 말하는지 카이만은 잘 알기에 웃음으로

대답을 대신했다.

"시신은 그대에게 주지."

"저런 놈 가져다 뭐에 씁니까?"

"그건 그런가?"

야현은 어깨를 살짝 들어 올리며 다시 연무장으로 시선을 돌렸다.

"크하앗!"

"크하아아!"

화이트 기사단 기사들은 피에 취해 울부짖고 있었다.

자박.

야현이 연무장으로 걸음을 내딛자 일순간 흥분이 사라지고 뱀파이어들은 뒤로 물러났다.

야현은 날카로운 손톱으로 손바닥을 찢었다.

피가 흘러나왔고, 그 피는 송골송골 뭉쳐 허공으로 떠올랐다.

그 피가 사람 머리통만 하게 커지자 좀 더 높이 떠올랐다.

퍽!

피가 터지며 피 방울방울이 사방으로 비산했다. 하지만 무규칙적으로 퍼진 것은 아니다. 핏방울은 야현의 의지에 따라 피가 빨린 남궁세가 무인들의 입으로 스며들었다.

"시작해."

야현의 말에 뱀파이어들은 각자 맡은 이들의 입으로 자신들의 피를 흘려 넣었다.

"후우—."

많은 양의 피를 뽑아서인지 야현은 조금 비틀거렸고, 베라칸은 재빨리 의자를 가져왔다. 야현은 옅은 숨을 내쉬며 의자에 앉아 연무장을 바라보았다.

마음껏 피를 먹은 뱀파이어들이 연무장 주변으로 물러나자 야현이 카이만을 불렀다.

"우히히히."

카이만은 지팡이를 들어 바닥에 찍었다.

쿵!

묵직한 마나의 기파가 연무장을 가득 덮었고,

콰드드득!

지진이라도 난 것처럼 연무장 바닥이 찢어졌다.

갈라진 틈 사이로 남궁세가 제자들의 시신이 굴러 떨어졌다. 그리고 그 틈은 이내 메워졌다.

"베라칸."

"예, 주군."

"저들을 먹일 이들은 찾아놨나?"

"하오문을 통해 적당한 놈들을 찾아 놓았습니다."

"뭐하는 놈들이지?"

"뒷골목 주먹패 몇하고, 녹림채에도 이름을 올리지 못한 산적들입니다."

베라칸의 대답.

"녹림채?"

야현이 고개를 갸웃거렸다.

그리고 야현은 다시 손짓으로 구석에서 조용히 앉아 있는 남궁무결을 불렀다.

"녹림채에 대해 설명해 봐."

"녹림채는 장강수로채와 더불어 중원 야적들의 대표적인 단체입니다."

"좀 더 상세히."

"녹림채는 말 그대로 산적들의 단체이며, 장강수로채는 수적들의 단체입니다."

"사도련과 같은 무림 연합체인가?"

"일단 무림 단체로 거론되기도 하지만 주로 양민을 상대로 도적질하는 터라 관에서도 그들을 추적하고 있습니다. 하여 무림 단체라고 정하기에는 애매한 놈들입니다. 다만 그들의 주요 간부들이 무공을 익히고 있고, 무림 공적들이 의탁하기도 하여 무림 쪽에 균형이 쏠려 있기는 합니다."

"호오."

야현은 가벼운 감탄을 터트렸다.

"후후."

야현은 턱을 쓰다듬으며 혀로 입술을 핥았다.

맛 좋은 먹잇감을 보았을 때의 행동이었다.

* * *

일주일이라는 시간이 흐르고.

"주군을 뵈옵니다."

화이트 제2 기사단장 포르튬이 군례를 취했다.

"주군을 뵈옵니다."

함께 자리한 일살문 부문주 갈위는 포권을 취했다.

"화이트 제2 기사단과 일살문 중 문주 독고결과 특급 살수를 제외한 오백의 일급 살수들이 남궁세가에 합류할 것입니다."

함께 온 초량의 보고에 야현이 고개를 끄덕였다.

"갈위."

"예, 주군."

"이 기회에 남궁의 무공을 좀 더 완벽히 익혀놓도록 해. 그리고 쓸 만한 무공들은 본장에 대기하고 있는 동문에게 보내 그들도 익히도록 하고."

"명!"

일살문은 천풍검법을 비롯한 몇몇 남궁세가의 무공을 익혔다. 그렇지만 야현이 남궁강에게서 흡수한 기억에 의존한 것이기에 진정한 남궁의 무공을 전수받은 것은 아니다.

물론 그것만으로도 일살문은 살수의 틀을 깨트릴 수 있었지만 미약하나마 부족함을 느끼고 있었다.

더욱이 살수의 굴레를 벗어나고 싶어 하던 갈위는 그 누구보다 무공에 대한 갈증에 시달리고 있었다.

남궁세가의 진서를 볼 수 있다는 말에 갈위는 흥분에 찬 목소리로 복명했다

"코스카."

"하명하시옵소서."

"화이트 기사단은 현 상황은?"

"초 군사가 보고한 바와 같이 제2 기사단은 남궁세가에, 그리고 속하가 지휘하는 제1 기사단은 야풍장에 대기할 것입니다. 그리고 제3, 4, 5 기사단은 왕궁의 자리를 비울 수가 없어 다시 복귀시켰습니다."

"마법 병단 일대는 남궁세가에, 이대는 사천당문으로, 나머지는 일단 본국에 대기 중입니다. 우히히히히."

야현의 시선에 카이만이 보고했고, 보고를 들은 야현은 다시 초량을 쳐다보았다.

"사천당문에는 적랑 기사단과 혈랑문을 비롯한 혈성파 중

주요 문파들을 대기시켜 놓을 생각입니다."

적랑 기사단과 혈랑문이라면 사천당문에 대해 어느 정도 안전장치를 한 셈이다. 그렇지만 좀 더 확실한 안전장치가 필요하지 않을까 하는 생각이 들었다.

일단 그 부분은 좀 더 고민을 해 봐야 할 것 같았다.

"그래도 혈성파를 모두 숨기기는 힘들어 보이는데."

"하여 하오문 지부를 비롯해 사천당문과 남궁세가 인근 중소 문파들을 정리하고, 그 자리에 혈성파 무인들을 심어 놓을 생각입니다."

야현이 흡족한 미소를 지었다.

끼익—

보고가 정리될 때쯤 남궁세가 가주실 문이 열리고 남궁문결이 안으로 들어왔다.

"사열 준비를 마쳤습니다."

남궁문결이 안으로 들어왔다.

야현이 자리에서 일어나 남궁문결에게로 걸어갔다.

"수고했어."

그러고는 가볍게 그를 안았다.

"그대의 힘든 표정이 본인을 힘들게 하는군."

야현이 토닥거리며 말을 이었다.

"더는 못 보겠어. 그러니 인제 그만 편히 쉬게."

야현의 속삭임에 남궁문결의 눈동자가 흔들리며 불안감으로 물들었다.

아니나 다를까.

콰득!

야현은 남궁문결이 그 어떤 반응도 하기 전에 목을 꺾어 부러트린 후 단숨에 찢어 버렸다.

툭!

흔한 단말마 하나 내뱉지 못하고 그의 수급이 바닥으로 떨어졌다.

화르르륵!

그리고 남궁문결의 몸은 순식간에 불에 휩싸였다가 재가 되어 사라졌다.

"갈위."

야현은 갈위를 불렀다.

"예, 주군."

"지금부터 그대가 남궁세가 가주다."

"충!"

갈위의 눈동자가 흔들리고, 이내 그가 뜨거운 목소리로 복명했다.

"그럼 갈까? 본인의 자랑스러운 병사들을 보러."

야현은 미소를 드러내며 후원 연무장으로 걸음을 내디뎠

다.

후원 연무장에 삼백 명의 남궁세가 무인들이 오와 열을 맞춰 서 있었다. 뱀파이어가 된 남궁세가 무인들에게서는 묘한 분위기가 돌고 있었다.

"음?"

가장 먼저 기이한 이끌림을 느낀 이는 제검단 부단주 남궁선이었다. 그를 시작으로 파동이 주변으로 퍼져 나가듯 모든 이가 본능이 잡아당기는 이끌림을 느낀 것이다.

하지만 이끌림이 주는 묘한 감각도 잠시.

타닥, 타다다다닥!

혼과 육체를 짓누르는, 질식할 것만 같은 원초적 공포에 휘말린 남궁선은 의지와는 상관없이 몸을 파르르 떨기 시작했다. 그 떨림에 이빨이 마구 부딪치며 파음을 만들어 냈지만, 그마저도 인지하지 못하는 모습이었다.

꿇어라!

너희를 다시 태어나게 한 창조주에게, 경배하라!

어떤 말이 실제로 들린 것은 아니다.

하지만 그들은 머릿속에서 어떠한 명령을 들었고, 또 그 명령에 복종해야 했다.

쿵! 쿵! 쿵! 쿵! 쿵!

가장 먼저 바닥에 엎드린 이들은 화이트 제2 기사단 기사들이었다. 그들은 야현의 기운을 느끼자마자 당연하다는 듯 바닥에 엎드려 그를 맞이했다.

그리고.

쿵!

공포와 함께 다가온 거스를 수 없는 위압감에 남궁선도 화이트 기사단 기사들을 따라 무릎을 꿇었다.

쿵쿵쿵쿵쿵!

그렇게 남궁세가 제자들 모두 무릎을 꿇고 머리를 바닥에 찧었다.

저벅 저벅 저벅!

귓가로 들려오는 발걸음 소리.

자그만 소리였지만 그들의 귀에는 마치 천둥처럼 느껴졌다. 긴장감이 팽배해지자 그들의 얼굴과 손에서 식은땀이 맺혀 흘러내렸다.

"고개를 들라."

야현의 목소리에 모두가 고개를 들었다.

"본인이 그대들의 왕이다."

야현을 바라보는, 아니 그와 눈을 마주한 삼백 명의 남궁세가 무인들의 눈동자는 서서히 붉게 변했다.

"그대들은 본인을 위해 검을 들 것이며 본인을 위해 죽어라."

"……."

"……."

아무 말 없이 침묵만이 흘렀다.

"……!"

"……!"

그러나 곧 기묘한 열기가 점차 그들 속에서 피어났다.

"본인의, 어둠의 일족이 된 것을 환영한다. 자랑스러운 뱀파이어 족이 된 것을 축하한다."

"와아아아아아!"

"우와아아아!"

그들은 이상하리만큼 북받치는 감정에 함성을 내질렀다. 그리고 그들의 머릿속에 야현의 얼굴과 행동, 목소리가 각인되었다.

마치 뜨거운 인두에 지져지는 듯 말이다.

* * *

남궁세가 장악을 마친 후 야현은 자연스럽게 사천당문 가주실에 들어섰다.

"음?"

야현은 가주실 안에 모여 있는 이들을 보며 묘한 신음을 삼켰다. 그러고는 이내 피식 웃음을 터트렸다.

당한경을 중심으로 좌우에 소가주 당림, 총관 당성, 녹암대 대주 당학성, 마지막으로 녹독대 당혁이 앉아 있었다.

야현이 그들을 보고 피식 웃음을 터트린 이유는 단 하나.

일주일 사이 그들은 인간을 버리고 뱀파이어가 되어 있었기 때문이었다.

야현은 당한경을 지그시 바라보았다. 그 시선에 당한경은 자신만만한 표정으로 보란 듯이 미소를 지어 보였다.

마스터는 후계자의 생각을 읽을 수는 없지만, 대략적인 감정은 읽을 수 있다.

자신은 야현에게 묶여 있지만, 자신의 피로 새롭게 낳은 이들은 아닐 것이라 여긴 모양이었다. 그리고 그들로 하여금 야현의 손에서 벗어나려 생각한 모양이었다. 아울러 영생을 통한 당가의 영원한 지배까지.

"크크크크크."

야현은 송곳니를 드러내며 웃음을 흘렸다.

이어 뱀파이어로서의 권능을 표출시켰다.

쏴아아아아—

무형의 권능이 가주실을 뒤덮자 당한경을 비롯해 이들의 안색은 그나마 있던 핏기마저 사라지며 창백하게 변했다.

"언제까지 본인을 앉아서 맞이할 것인가?"

야현이 작은 목소리로 말을 꺼내자.

우당탕탕탕!

앉아 있던 이들은 의자가 넘어지도록 빠르게 일어나 바닥에 엎드렸다.

왜 그래야 하는지 머리로는 모른다.

몸이 그리했을 뿐이다.

바닥에 엎드려 야현을 경배했지만 그를 뭐라 칭해야 할지 알 수 없었고, 쉽게 입을 열 수 없는 위압감에 그저 머리를 바닥에 조아릴 뿐이었다.

"장인."

야현이 나뒹군 의자 하나를 염력으로 바로 세워 앉으며 당한경을 불렀다.

"……하, 하명하시옵소서."

평소처럼 '말하게.'가 머릿속에 떠올랐지만 그래서는 안 될 것 같은 강한 불안감에 당한경은 서둘러 말을 바꿨다.

"본인이 이 말도 하지 않았군요."

야현은 당한경을 향해 허리를 숙여 얼굴을 가까이 가져갔다.

"본인이 일족에 정점에 앉아 있는 왕입니다."

고개를 숙이고 있던 당한경의 얼굴이 급격히 굳어졌다.

"와, 왕을 뵈옵니다."

당림이 마치 선창을 하듯 외치자.

"전하를 뵈옵니다."

"전하를 뵈옵니다."

"전하를 뵈옵니다."

당성과 당학성, 당혁이 말을 이었다.

"크하하하하하!"

야현은 그 모습에 대소를 터트렸다.

제7장

준비 없이 천하를 가질 수는 없지요

하남성 정주.

폐쇄되었던 성의 문이 열렸다.

그리고 잠시 내려놓았던 현판도 달렸다.

무림맹(武林盟)

현판에 새겨져 있던 세 글자의 글귀였다.

무림맹 성의 중심, 수호전 대전 원탁에 십여 명의 인물들이 자리하고 있었다.

오파일방의 장문인들과 오대세가 가주들이었다.

"남궁가에서 오신 분은 못 뵈던 분이시군요."

화산파 장문인 호염이 남궁세가의 대표로 나온 갈위를 보며 물었다.

"인사가 늦었습니다. 이번에 가주직을 이어받은 남궁가의 위라고 합니다."

갈위는 자신을 남궁위로 소개했다.

"흠."

오파 장문인들의 따가운 눈빛이 갈위에게 쏟아졌다.

"처음 뵙는 분이 한 분만이 아니지요."

제갈지소가 날카로운 눈매로 오파일방 쪽에 앉아 있던 장년의 걸인을 쏘아보며 말했다.

"큼."

당연히 호염은 불편한 심기를 드러냈다.

"허허허, 이거 인사가 늦었소이다. 이번에 개방을 맡은 백걸이라 하오."

백걸(白乞), 옷은 해지고 이곳저곳 기워 입은 흔적이 가득했지만 그는 별호처럼 거지답지 않게 매우 깨끗했다.

"재미난 분이 개방을 맡으셨네요."

제갈지소의 비꼬는 말투를.

"허허허허, 이런 사람이 있으면 저런 사람도 있는 법이지요."

백걸은 털털한 웃음으로 화답했다.

그 모습에 제갈지소는 입꼬리 한쪽을 빠르게 말아 올렸다가 지웠다. 누구보다 본능에 민감한 뱀파이어다. 그렇기에 그녀는 털털함 속에 숨긴 뱀처럼 차가운 야비함을 본 것이었다.

"아미타불, 쓸데없는 감정 소비는 모두에게 좋지 못합니다."

자칫 과열될 수 있는 분위기가 소림사 방장 원중의 차분한 말에 수그러들었다.

어차피 무림맹 창설에 입을 맞춘 터.

회의는 제법 빠르게 진행되었다.

그러던 회의가 어느 순간 딱 막혔다.

의외로 맹주직 선출에서 의견 대립을 보일 것이라는 예상과는 달리 맹주직에는 소림사 방장 원중이, 총사직을 제갈지소가 맡음으로써 손쉽게 마무리되었다.

문제가 생긴 안건은 무림맹 소속 무력 단체 구성이었다.

오파일방에서는 각자 문파마다 하나의 단을 구성하자고 하였고, 오대세가에서는 오파일방, 오대세가 구분 없이 단을 구성하자고 의견을 내세우고 있었다.

"왜 개별로 단을 만들자고 하는 거죠?"

제갈지소가 날카롭게 물었다.

"굳이 각파의 제자들을 섞을 이유는 뭐요?"

곤륜파 장문인 옥청자가 눈살을 찌푸리며 반문했다.

"문파의 이득, 혹은 생존 등 여러 이유로 중요한 작전에서 지휘 예상 범위를 벗어나는 일이 발생할 수 있음이에요."

"그럴 일이 있으리라 보시오?"

"혹은!"

제갈지소는 단호한 목소리로 말을 이었다.

"전멸에 가까운 피해가 예상되는 작전을 펼쳐야 한다면 곤륜에서 선봉에 서실 건가요? 아니면 그 작전에 참가했다가 안전을 확보할 수 없는 사태가 벌어지지 않을 거라고 장담할 수 있나요?"

제갈지소의 쏘아붙임에.

"큼."

옥청자를 비롯해 오파일방의 장문인들은 슬그머니 시선을 피했다.

마교와의 전면전, 반드시 그런 일이 발생할 것이다.

그리고 누구도 장담할 수 없다.

"그래서 문파를 떠나 하나가 된 단체가 필요해요. 즉, 죽어도 오파일방, 오대세가의 제자들이 모두 죽고, 살아도 함께 사는 거예요."

"천성입니다."

갈위가 제갈지소의 의견에 동의했다.

"노부도 찬성이오."

당한경도 거들었다.

"찬성이오."

"찬성하오."

오대세가는 하나다.

그렇기에 모용곽과 황보백도 적극적으로 제갈지소의 말에 힘을 실어 주었다.

"무량수불."

비교적 조용히 자리하고 있던 무당파 장문인 명헌 진인은 도호와 함께 입을 열었다.

"그 부분은 제갈 가주의 말씀이 맞는 듯하오."

"감사해요, 명헌 장문인."

제갈지소가 미소를 드러냈다.

"하지만 그리 된다면 각 문의 절기들이 유출될 확률이 크외다."

호염이 강한 어조로 반대했다.

오파일방의 문파들이 반대하는 가장 큰 이유가 바로 저것이다.

"그 부분은 어쩔 수 없어요."

제갈지소가 딱 잘라 말했다.

"대신."

제갈지소는 당근을 제시했다.

"결성되는 단은 오파일방, 오대세가 제자들로만 구성될 거예요. 비록 자파의 절기가 어느 정도 유출되지만 그로 인해 우리는 더 강해질 거예요. 다른 중소문파와 달리."

그녀가 한층 부드러워진 목소리로 말을 마무리 지었다.

"다른 문파가 제자리걸음을 할 때 우리는 한 걸음 더 나가는 거예요. 각자의 문파에서 유출될 절기를 흡수하면서."

부드러워진 목소리는 다시 차갑게 바뀌었다.

"오대세가, 오파일방. 경쟁은 알아서 하시는 거고요."

제갈지소의 말에 이 자리에 함께 한 이들의 눈빛이 변했다.

듣고 보니 확실히 일리가 있다.

각자의 문파에서 절기를 비롯한 유용한 정보가 새어 나가겠지만 이는 모두가 같은 입장. 단점은 알아 놓고, 장점을 흡수하면 분명 도움이 된다.

도움은 발전으로 이어진다.

오파일방, 오대세가 수장들의 눈빛이 빠르게 오갔다.

"이의 없소."

호염이었다.

"좋소이다."

집단 이기주의, 다른 이보다 강해지고자 하는 무림인들의 생리상 이의가 있을 리 없다.

"중소문파에게도 기회를 줘야 하니 몇몇은 넣을 생각이에요. 그들은 각자 알아서 회유하세요. 아니면 자신들의 사람들을 넣거나."

제갈지소의 입가에 매혹적인 미소가 피어났다. 그러나 각자 빠르게 머리를 굴리느라 그 누구도 그 미소를 보지 못했다.

*　　*　　*

야풍장 장주실.

무림맹 회의를 마친 제갈지소, 갈위, 당한경이 자리하고 있었다.

"잘했어."

야현은 회의 결과를 들은 후 흡족한 미소를 지었다.

"주력 무력 단체의 호칭은 가장 무난하게 청룡단, 주작단, 백호단, 현무단으로 될 듯싶어요."

"구성 인원은?"

"각 단 백 명, 열 개 조로 만들 거예요."

"그 외에는?"

"몇 개의 하위 무력 단체도 만들 거예요."

"흑오, 초량과 상의해서 사도련 무인들도 적당히 넣어 놔."

"네."

"사신단뿐만 아니라 무림맹의 어떤 조직이라도 무리하게 손에 넣을 필요는 없어. 골고루 사람들을 심어. 필요하면 단숨에 맹 자체를 뒤집을 수 있게."

"알겠어요."

야현의 말에 제갈지소가 고개를 끄덕였다.

"단!"

야현이 강하게 말을 이었다.

"정보, 정보 단체는 무조건 움켜쥐어."

"그렇다면 개방인데……."

중얼거리던 제갈지소가 차가운 미소를 드러냈다.

"어쩌면 방법이 있을 듯싶어요."

제갈지소는 겉과 속이 다른 신임 개방 방주 백걸을 떠올렸다.

"대신 지원이 필요해요."

"……?"

"엘리, 서큐버스들이 필요해요."

"내 언질을 해 놓도록 하지."

야현은 고개를 끄덕이며 고개를 돌려 당한경을 보았다.

"장인."

"말씀하시게."

당한경은 야현에게서 벗어날 수 없음을 깨닫고 난 후 체념을 한 듯 편한 얼굴로 말했다.

"그리고 명심하세요. 소림과 무당이라면 우리 일족의 정체를 알아차릴 인물이 있을 수도 있으니 말입니다."

"명심하고 있네."

"특히, 소림의 알려지지 않은 노승. 흑림의 림주를 조심하세요. 아시겠습니까?"

"알겠네."

"그리고 제갈지소와 갈위, 둘이 잘해 나가겠지만 장인께서 맹 내에서 든든하게 중심을 잡아 주세요."

그 말에 당한경의 눈이 살짝 커졌다가 다시 원래의 크기로 돌아왔다.

"자리를 비우시려 하는가?"

"그래야 할 듯싶습니다."

"오래 걸리는가?"

"일단 정확한 날짜는 기약할 수 없습니다."

"이유를 물어봐도 되겠는가?"

당한경의 눈동자에 불안감이 슬쩍 묻어 나왔다. 자신은 물론 가문의 미래가 야현의 손에 달려 있기에 불안함이 있을 수밖에 없었다.

"준비 없이 천하를 가지지 못하지요."

당한경의 눈빛이 강렬해졌다.

"본국을 정비도 해야 하고……."

야현의 입가에 살심이 가득한 미소가 그려졌다.

"천마도 잡아야지요."

그 시각.

소림사 방장 원중은 깊은 상념에 빠져 있었다.

오늘 오후, 원탁회의에서 원중은 오대세가, 정확히 당한경, 제갈지소에게서 묘한 거슬림을 느낀 것이다. 뭔가 딱 꼬집을 수는 없지만 둘을 상대하며 상당히 거북스러웠었다.

'오랜 시간 계속된 반목 때문인가?'

특히 그 둘에게서 강하게 느꼈지만 거북하기는 새로운 남궁세가 가주로부터도 둘에게서 느꼈던 거슬림을 받았고, 달리 생각하면 모용세가, 황보세가 가주들도 상대하기 거북하기는 매한가지였다.

"무슨 생각을 그리 골똘히 하시오."

"아미타불."

무당파 장문인 명헌 진인의 목소리에 원중은 깊은 상념에서 깨어났다.

"명헌 장문인."

"말씀하시오."

"……아니외다. 아직 소승이 미진한가 봅니다. 쓸데없는 번뇌가 오는 것을 보면."

오파일방, 오대세가.

수 년, 수십 년도 아닌 수백 년간 반목해 왔다.

그 앙금이 얼마나 깊겠는가?

마교의 칼날이 바로 지척이다.

모두가 합심해도 어려운 판에 여전히 반목한다면 결과는 끔찍해질 것이다.

"아미타불."

원중은 불호를 내뱉으며 애써 마음을 털어냈다.

* * *

사람의 발길이 닿지 않을 것만 같은 험준한 산악으로 둘러싸인 분지에 거대한 도시가 세워져 있었다. 어둠의 왕국 중 일국인 뱀파이어 왕국의 수도 블러드 문 시티였다.

블러드 문 시티가 내려다보이는 왕궁 성곽에 야현이 베라칸, 초량과 함께 모습을 드러냈다.

중원은 제갈지소, 흑오, 카이만에게 맡겼다.

제갈지소의 지략, 흑오의 충정심, 카이만의 과감함이라면 어지간한 풍랑은 버텨낼 수 있을 것이다. 또한 생각 이상으로 자리를 비우게 되더라도 큰 문제 없이 대처하리라.

야현은 천마를 떠올렸다.

아울러 그가 가진 마교도 떠올렸다.

이미 완성되었다고 보아도 좋을 엄청난 무력. 그에 어울리는 수만의 마인들. 힘만 본다면 하나의 일국이다.

그런 그와 싸워야 한다.

그리고 당연히 이겨서 그가 가졌던 것 모두를 취해야 한다.

야현은 주먹을 말아 쥐었다.

시간과의 싸움이다.

그의 무력을 따라잡아야 하며, 아니 그를 넘어서는 무력을 손에 넣어야 한다.

이게 최소다.

마교, 최악의 경우 무림맹을 비롯한 중원 천하와도 싸워야 한다.

야현이 준비하는 전쟁은 그저 생존만을 위한 싸움이 아

니다. 이기는 것은 당연한 결과였고, 그들을 굴복시켜 자신의 발아래 두어야 한다.

결의에 찬 야현의 눈에 거대한 도시가 들어왔다.

자동적으로 야현의 눈가가 찌푸려졌다.

블러드 문 시티를 비롯해 뱀파이어 왕국에는 시조였던 그의 흔적들이 곳곳에 묻어 있었다.

"이름부터 바꿔야겠군."

어느 정도 생각이 정리되려는 그때였다.

"충!"

우렁찬 군례가 귓가를 쩌렁쩌렁 울렸다.

단순히 우렁찬 경례 구호가 아니었다. 그 속에 담긴 조우의 기쁨이 느껴졌다.

"오랜만이야."

야현이 고개를 돌리자 붉은 망토를 두른 군 정복을 입은 화이트 기사단장, 지금은 왕실기사단장인 크리먼이 서 있었다.

"그간 강녕하셨사옵니까?"

크리먼이 다시금 허리를 숙이며 안부를 물었다.

"잘 지냈는가?"

야현은 그런 크리먼을 강하게 안아 주며 그의 안부를 물었다.

"속하야 편히 왕궁에서 지냈사옵니다. 전하께서야말로 허허벌판의 전장에 계셨으니 신하 된 도리로 송구할 따름이옵니다."

가벼운 안부가 오가고 야현은 그와 함께 왕궁 대전으로 향했다.

시녀가 내온 차를 마시며 초점 없이 대전 안을 바라보았다.

익숙하지만 낯설다.

뱀파이어들의 왕이 되고 왕좌에 앉았지만 실질적으로 왕상에 앉은 적은 없었다.

"크리먼."

"예, 전하."

익숙지 않을 호칭이었을 텐데도 크리먼은 자연스럽게 야현을 드높였다.

"왕좌에 앉았지만 저 자리에 앉은 적이 없어."

크리먼은 야현의 시선에 따라 대전 중앙 단상 위 화려한 용상을 바라보았다.

"불온한 움직임은 없고?"

야현에게 허락된 시간이 길지 않음에도 그가 왕국을 찾아온 이유가 바로 이것이었다.

왕국의 왕이 바뀌었다.

그러나 새로운 왕은 자리에 없다.

그 시간마저 짧지 않다.

불온한 움직임이 생길 확률이 다분히 높다.

"확실한 것은 아니지만 묘한 분위기가 흐르고 있기는 하옵니다."

크리먼은 뼛속까지 기사다.

충정은 높지만 그에 반해 정치적 감각은 떨어진다.

그가 묘한 분위기는 느꼈다면 무엇인가 움직임이 있다는 뜻.

"그런가?"

야현은 미소를 지으며 찻잔을 들었다. 그 미소는 한없이 차가웠다.

시간이 얼마 지나지 않아.

"전하! 재상 장관 페터 공작과 재무 장관 빅토르 공작이 옵니다."

왕실부 집사 장관 테오도어 백작이 다가와 둘의 알현을 알렸다.

"컥!"

야현은 권능, 염력으로 테오도어 백작을 손아귀로 끌어당겨 목줄을 죄었다.

콱!

가차 없이 목을 물었다.

그리고 굶주림에 마시는 피가 아니기에 야현은 천천히, 천천히 피를 마시며 그의 기억을 흡수했다.

"끄으으!"

테오도어 백작은 고통에 몸을 부르르 떨었지만 이를 꽉 물고 버텼다. 야현이 오랜 시간 테오도어 백작의 목을 물고 있었지만 죽일 생각으로 피를 빠는 것이 아님을 그도 알기에 버티고 있었던 것이다.

"하아—."

야현은 테오도어 백작을 뒤로 밀며 거친 신음을 토해냈다.

그리고 하나둘씩 떠오르는 테오도어 백작의 기억들.

야현의 미간이 좁아졌다.

'빅토르…….'

그의 움직임이 이상함을 테오도어 백작도 느끼고 있었다.

"빅토르 공작을 들라 하라."

"예, 전하."

빠르게 몸을 수습한 테오도어 백작은 허리를 숙이며 몸을 돌렸다.

그가 대전을 나간 후,

끼익!

대전 문이 다시 열리며 유난히 창백하고 빼빼 마른 재무장관 빅토르 공작이 안으로 들어왔다.

"전하, 그간 강…… 녕하셨나이까?"

허리를 숙여 인사를 올리던 빅토르 공작은 묘한 분위기를 느꼈는지 목소리가 중간에 잠시 끊겼다가 이어졌다.

"오랜만이군."

야현의 손짓에 긴장한 빅토르 공작의 목울대가 꿈틀거렸다. 머뭇머뭇하다가 걸어오는 빅토르 공작을 바라보는 야현의 눈동자가 붉게 변했다. 그에게서 느껴지는 감정들이 고스란히 느껴졌다.

긴장감, 그리고 그 속에 웅크려 있는 살심.

야현은 맞은편 자리를 손으로 가리켰고, 그는 조금 망설임을 보이며 자리에 앉았다.

팟!

빅토르 공작이 자리에 앉는 동시에 야현의 신형이 그 자리에서 사라졌다. 그의 뒤에 모습을 드러낸 야현은 단숨에 빅토르 공작의 뒷목을 깨물었다.

"컥!"

빅토르 공작은 신음과 함께 야현에게서 벗어나려 발버둥을 쳤지만,

콰득!

그의 피에서 반역의 기억을 읽은 야현의 얼굴은 야차처럼 흉악한 표정으로 변해 있었다. 야현은 빅토르 공작의 목을 단숨에 부러트렸다.

그뿐만 아니라 두 다리와 팔도 으스러트린 후 그의 피를 모조리 빨아 마셨다.

"크흐으!"

퍼석!

피를 모두 흡수한 야현은 빅토르 공작의 머리를 발로 밟아 부수며 낮게 포효했다.

"크크크크, 그랬단 말이지?"

야현은 차가운 살기를 드러냈다.

순혈주의를 경배하는 뱀파이어들이 있었다.

그리고 그들이 블러드 문의 숨겨진 적자를 찾아낸 것이다. 정확히 말하면 숨겨졌다기보다는 잊힌 존재, 초기 적자들의 싸움에서 패배하고 역사에서 지워졌던 자였다.

순혈주의 뱀파이어들은 야현의 존재를 부정하고 그를 옹립하려 하고 있었던 것이다.

빅토르 공작 역시 그 일원 중 한 명이었다.

"페터 공작, 들어오라!"

야현은 큰 목소리로 재상 장관 페터 공작을 불렀다.

쩌렁쩌렁한 목소리에 대전 문이 열리고 밖에서 대기하고 있던 페터 공작이 안으로 들어왔다.

"전하, 그간 강녕하……."

야현의 발아래 불에 타 재가 되어 날리는 빅토르 공작의 시신에 페터 공작은 너무 놀라 말을 더는 잇지 못하는 모습이었다.

"오라!"

야현의 말에 페터 공작은 겁에 질린 표정으로 도살장에 끌려가는 소처럼 힘겹게 다가와 섰다.

콱!

야현은 그런 페터 공작의 목을 가차 없이 물었다.

"흡……!"

고통에 비명이 튀어나오려 했지만 페터 공작은 있는 힘을 쥐어짜 입을 꽉 닫았다.

잠시 후 야현은 뒤로 물러났다.

"크리먼."

"하명하시옵소서."

"전군 소집하라! 목표는 빅토르 공작가, 그리고 호른 백작가다! 그리고 왕국에 포고하라! 본인이 진정한 무서움이 무엇인지 알릴 것이다!"

"명!"

우렁찬 크리먼의 복명.

"페터."

그 어떤 경어도, 호칭도 없었다.

"하, 하명하시옵소서."

"그대의 안이함이 불러온 결과다. 충심을 보이라! 그대와 가병이 선봉에 서라!"

"……충!"

페터 공작은 파리해진 얼굴로 허리를 숙였다.

"모두에게 알려라! 이 순간 본인은 모든 백성들에게 선택을 강요하겠다. 본인인가? 죽은 망령인가? 따르지 않는 자에게는 죽음뿐이다!"

야현의 몸에서 폭사된 살기가 대전 안을 가득 채웠다.

*　　*　　*

전운이 감도는 뱀파이어 왕국, 그리고 왕성.

아니, 내전 준비에 들어갔으니 전시 사태인 지금.

따라~ 따라~ 딴딴!

잔잔한 음악이 대전을 조용히 뒤덮고 있었고, 아름다운 선율 속에 야현이 음악을 감상하며 느긋하게 차를 마시고 있었다. 차 한 모금을 마시고 탁자에 내려놓던 야현은 맞은

편에 앉아 있는 베라칸을 바라보며 어깨를 살짝 들어 올렸다.

"왜 그렇게 보지?"

"궁금한 것이겠지요. 왜 주군이 갑자기 노기를 터트리며 가볍게 처리할 수 있었던 반란을 내전으로 판을 키운 것인지."

초량은 차향을 깊게 음미하며 말했다.

"그리 생각하는 이유는?"

야현은 그리 말한 초량에게 물었다.

"마교 때문입니다."

"하하하."

야현은 가볍게 웃음을 터트리며 자세히 말해 보라 종용했다.

"마교, 일개 문파에 불과할 뿐이나 순수한 무력만으로 따진다면 일국이라 칭해도 무방할 만큼 거대한 곳입니다. 반면 주군의 중원 세력은 작지 않지만 솔직히 마교를 상대하기에 부족함이 많습니다. 거기에 자칫 정파 무림과의 일이 틀어질 경우 승리는 점칠 수 없게 됩니다."

초량은 담담한 미소를 지으며 말을 이었다.

"하지만 주군에게는 중원의 어느 문파도 가지지 못한 것을 가지고 있습니다. 바로 이곳."

초량은 손가락으로 탁자를 가리켰다.

“일국이죠. 그 규모가 얼마인지 몰라도 일국에 버금가는 힘과 일국은 엄연히 다른 법. 중원을 가지기 위해서는 뱀파이어 왕국의 패가 필요하지요. 그 패를 마음껏 드러내시려면 무엇보다 확실히 패를 쥐고 있어야 하는 법 아니겠습니까?”

“맞는 말이야.”

야현이 흡족한 미소를 지었다.

단순히 내부 불만을 지우려는 것이 아니었다. 마치 하나의 생명체가 된 것처럼 하나로 응집시키려는 것이다. 곪은 종기만을 짜는 것이 아니라 썩은 살까지 도려내려는 심산이었다.

“그러나 그게 다가 아니라 봅니다.”

초량의 말은 끝나지 않았다.

“무엇보다 주군께 필요한 것은 시간. 실질적으로 그 이유가 아닌가 싶습니다.”

야현이 빈 찻잔을 차로 채우며 입을 열었다.

“초량.”

“예, 주군.”

“왜 본인이 그대를 이곳에 데려왔는지 아는가?”

“알고 있습니다.”

초량의 표정이 조금은 어두워졌고, 굳어졌다.

"중원에서 속하의 자리가 없기 때문입니다."

"없다라기보다 견고하지가 않지."

초량은 어금니를 꽉 깨물며 찻잔을 매만졌다.

"흑오는 그대만큼 지략이 뛰어나지는 않지만 하오문과 월영이 보좌하고 제갈지소가 그것을 보완해 주지. 그 체제는 그대에게는 아쉬울 정도로 견고하고. 아—, 흑오에게는 지략이 뛰어난 후원자도 있고 말이야."

찻잔을 움켜쥔 초량의 손등에 굵은 힘줄이 솟아났다.

"그래서 말이야. 초량."

"하명하시옵소서."

"이곳에 남는 것은 어떤가?"

"……!"

초량은 고개를 들어 야현을 보았다.

"이 내전으로 왕국의 판이 뒤집히고 새로운 판이 들어서지. 그 판을 짜볼 생각은 없나?"

"……단순히 판을 짜려는 것은 아니시군요."

초량은 또 다른 무언가가 있음을 알아차렸다.

"듣고 싶나?"

"듣고 싶습니다."

강렬한 염원이 담긴 대답.

"어둠의 왕국, 뱀파이어 왕국은 어둠의 왕국 중 그 힘이 가장 강성하나 왕국들 중 일국일 뿐이야. 본인은 그게 마음에 안 들어."

"……!"

초량의 눈이 부릅떠졌다.

비단 그만이 아니었다.

언제나 옆에서 조용히 있는 베라칸도 놀란 표정이 역력했다.

마교와의 전쟁도 솔직히 벅차다.

그런데 제국을 향한 정복 전쟁이라니.

"판은 키울 때 키워라."

초량은 중얼거렸다.

"어떤가? 본인의 제안이."

명령이 아니라 제안이라 했다.

"비록 중원에서 그대의 이름은 사라질지 몰라도 이곳은 아니지. 그대의 손으로 제국의 기틀을 만들어 보는 거 말이야."

너무나도 매력적인 말이다.

무림이 아니다.

나라다.

왕국도 아니요 제국이다.

실패한다면 역사 속에서 사라지지만 성공한다면 영원히 그 이름이 남게 된다.

"하겠습니다!"

초량은 강한 의지를 드러냈다.

"그렇다면…… 내전부터 한번 맡아 봐. 크리먼이 총사령관을 맡을 거야. 그대는 부사령관으로 임명하지. 거기서부터 시작해."

아무것도 주지 않았다.

아니, 주었다.

총부사령관.

엄청난 직위다.

그러나 아무것도 아닌 직위일 수도 있다.

이곳은 뱀파이어 왕국이다.

뱀파이어들의 왕국이란 소리다.

초량은 뱀파이어가 아니다. 인간이다. 인간은 뱀파이어들의 식량이나 마찬가지인 종족. 대부분의 뱀파이어들은 스스로 인간보다 우월한 종족이라 믿는다.

그런 그들을 지휘해야 한다.

"반드시 주군께 제국을 바치겠습니다."

다부진 초량의 대답에 야현의 입가에 미소가 번졌다.

제8장

경쟁하세요.
본인을 위해서, 그대들을 위해서

Vampire

뱀파이어 왕국.

분명 세상에 존재하면서도, 동시에 존재하지 않는 왕국이다.

서방 대륙 왕국의 수뇌들은 뱀파이어 왕국을 비롯한 어둠의 왕국의 존재를 알지만 평범한 하위 귀족이나 평민들은 그 존재를 모를 만큼 은밀하다. 아울러 인간들의 왕국과 달리 어둠의 왕국들은 일반적인 공국보다 작다.

규모나 인구, 모든 것이 그 값을 추산할 수 없을 정도로 작을뿐더러 명확한 영토도 없다.

험준한 산과 숲, 등 인간의 발길이 닫지 않는 곳에 하나의 점처럼 도시의 형태로 존재할 뿐이다.

뱀파이어 왕국만 해도 세 개의 왕국에 걸쳐 존재하고 있었다.

그럼에도 세 왕국은 가시처럼 박혀 있는 뱀파이어 왕국을 향해 검을 들지 못한다.

그 이유는 단 하나.

뱀파이어 왕국의 백성, 뱀파이어 일족은 남녀를 따지지 않고 그 한 명 한 명이 일개 기사와 다름없다. 뱀파이어 왕국이 작정하고 어느 한 왕국을 침범하면 몰락하고 만다.

설상 몰락하지 않는다 하여도 국경을 마주한 다른 왕국들이 가만두지 않을 것이다.

어찌 되었든 각설하고.

뱀파이어 왕국이 뿌리를 내리고 있는 세 왕국, 하로스 왕국, 카하라 왕국, 베르탄 왕국에는 은은한 긴장감이 감돌았다. 일반 백성들은 여느 날처럼 다름없는 평범한 나날이었지만 주요 영지의 영주들은 달랐다.

긴장감이 이어지는 나날들이었다.

어두운 밤, 영주들은 침실에서 사자(使者)들을 만나야 했다.

그들이 전해온 칙서.

뱀파이어 왕국에 내전이 일어났으니 몇몇 지역을 봉쇄하겠다는, 야현의 이름으로 내려진 일방적인 명령서였다.

"그리하리다."

담담히 받아들이는 영주들이 있는가 하면.

"피의 가호가 따르기를."

뱀파이어 일족을 숭배하는 영주들도 있었다.

그렇게 소리 없는 전쟁이 시작되었다.

블러드 문 왕궁 대전.

야현을 중심으로 총사령관 크리먼 백작, 부사령관 및 작전 참모장 초량, 흑탑 수석 흑마도사 다이슨을 비롯한 페터 공작, 로스먼 후작, 보이틀러 후작, 힉스 후작이 시립해 있었다.

야현은 로스먼, 보이틀러, 힉스 후작을 보았다.

그들의 얼굴엔 어딘가 모르게 불만족스러운 표정이 담겨 있었다.

이유야 뻔하다.

백작 작위를 가진 크리먼이 총사령관이 되어 자신들을 지휘하기 때문이었다.

"크리먼."

"예, 전하."

"오늘부터 그대는 후작이다."

크리먼은 담담한 표정으로 자리에서 일어나 한쪽 무릎을 꿇었다.

"신명을 다해 충성을 다하겠사옵니다."

담담한 크리먼과 달리 세 명의 후작의 표정은 굳어졌다.

"빅토르 공작이 죽었다."

야현의 이어진 말에 후작들의 눈빛이 강렬히 살아났다.

뱀파이어 일족의 특성상 일족의 수는 급격히 늘어나지 않는다. 아울러 세상 이면에 존재하는 왕국이기에 영토 확장도 어렵다. 또한 영생의 종족이다.

그렇다 보니 왕국의 작위는 한정되어 있으며, 신분 상승도 사실상 불가능에 가깝다.

그렇게 유지되고 있는 작위는.

두 명의 공작, 네 명의 후작, 스물 남짓한 백작, 그리고 공작, 후작, 백작의 후계로 채워지는 남작과 기사들이다.

백작의 수는 스무 명에서 두어 명씩 더해지거나 빠지기도 하지만 왕국의 특성상 한정된 영토로 인해 공작과 후작의 수는 변할 수 없다.

그러나 야현이 등극하며 한 차례 요동이 있었다.

카이만이 후작으로 임명되며 후작의 자리가 다섯이 된 것이다. 그러나 그의 봉토는 영지가 아니라 마탑이었다.

일종의 논외성 작위다.

그런데 다시 한 번 대대적으로 왕국이 요동을 친다.

공작위 하나가 공석이다.

그렇다 보니 후작들의 눈이 번뜩일 수밖에 없었다.

"본인이 누구보다 논공행상은 확실하다는 것을 알고 있지요?"

"예, 전하."

"알고 있나이다."

후작들은 강렬한 눈빛을 띠며 경쟁하듯 대답했다.

"그럼 회의를 시작하지요."

야현이 초량을 바라보았다.

"현재 반군은 빅토르 공작가의 봉신가들과 헤크 후작가를 비롯한 여섯 개의 백작가이옵니다."

생각 이상으로 반군의 수가 컸다.

"반군의 수는 대략 오천 정도로 사료되옵니다."

"아군은?"

"현재 집결한 아군의 수는 만 오천 정도이옵니다."

야현의 눈가가 찌푸려졌다.

뱀파이어 일족의 수는 대략 오만.

모든 뱀파이어가 왕국에 거주하는 것은 아니다. 반절가량은 인간들 무리 속에서 살아가고 있었다. 그들을 제외한 대략 이만 오천가량의 일족이 왕국 내에서 살아가고 있다.

그렇다면 아군의 수가 못해도 이만은 되어야 한다.

"외유에 나간 인원들이 많을뿐더러 호른 백작가를 비롯한 인근 네 백작가가 참여하지 않았습니다."

야현의 눈매가 가늘어졌다.

"반군인가?"

"특별한 답을 하지 않았지만 중립을 표방하는 것 같습니다."

초량의 대답.

"분명 본인이 그 누구도 제외하지 않고 모두 참전하라 명을 내리지 않았나요?"

"……그러하옵니다."

페터 공작이 입술을 달싹거리며 대답했다.

"그 명을 전했나요?"

"부, 분명 전했사옵니다."

페터 공작은 마른침을 삼키며 대답했다.

"본인이 위엄이 미진한 건가요, 아니면 그대가 무능한 건가요?"

야현은 등받이로 몸을 기대고는 페터 공작을 직시하며 물었다.

"……그것이."

야현의 위엄을 입에 담을 수도 없었고, 자신의 무능 또한 입에 담을 수 없었다.

퍽!

그 순간 페터 공작의 머리가 단숨에 터졌다.

딱!

야현이 손가락을 튕기자 주위에서 대기하고 있던 왕실 특무 기사단 소속 기사 한 명이 다가와 그의 시신을 치웠다.

"두 공작 자리가 모두 공석이 되었군요."

야현이 세 후작을 보며 싱긋 웃음을 보였다.

그 미소에 세 후작의 눈동자가 흔들렸다.

반면 초량은 이미 짐작하고 있었던 듯 표정의 변화를 보이지 않았다.

뱀파이어 왕국, 그리고 일족은 영원한 삶을 산다.

그리고 여타 어둠의 일족보다도 더욱 폐쇄적이다.

삶은 영원한데 변화가 없다.

왕은 영원히 왕이요, 공작은 영원한 공작이다. 후작도, 백작도, 남작도, 기사도…… 일반 백성들도.

영원히 그 자리다.

야현은 그러한 근간을 뒤흔들고 있었다. 페터 공작을 죽임으로써 행동으로 말했다.

이 전쟁 후 새롭게 판이 짜인다.

게다가 야현은 확실한 논공행상을 거론했다.

기회다.

언제 다시 올 줄 모르는 신분 상승의 시기인 것이다.

"테오도어 백작."

야현은 탁자에 앉아 회의에 참가하지는 않았지만 대전 구석에서 대기하고 있던 집사 장관 테오도어 백작을 불렀다.

"예, 전하."

"다시금 명을 내려라. 일주일이다! 그 누구도 예외는 없다! 본인과 반군, 둘 중 한 곳에 서라. 중립은 없다. 중립은 죽음이다, 라고."

"예, 전하."

야현은 고개를 돌려 세 후작을 보며 말했다.

"그리고 집결한 가문의 가주들에게 전하라. 참여하지 않은 백작가의 가주 머리를 가져오는 자, 후작에 명하노라."

"그리하겠나이다."

테오도어 백작이 대전을 나갔고, 야현은 세 후작을 쳐다보았다.

"그대들이 가져와도 좋다."

야현의 말에 세 후작도 빠르게 자리에서 일어났다.

"충!"

"충!"

"충!"

군례를 취하고 경쟁적으로 빠르게 대전을 나갔다.

셋은 공작 자리를 둔 싸움을 시작한 것이었다.

갑작스러운 변화에 크리먼이 멀뚱멀뚱한 눈으로 야현을 쳐다보았다. 야현은 시종이 다시 내온 위스키를 음미하고 있었다.

"……."

크리먼은 찻잔에 담긴 식은 차를 마시며 입꼬리를 말아 올리는 초량을 보고 눈매를 가늘게 만들었다.

그 순간 그는 깨달은 바가 있었다.

회의 내내 별다른 말을 하지 않았던 그였다. 그러나 이 모든 것이 초량이라는 자, 그의 머리에서 흘러나왔음이 분명했다.

오늘의 명으로 뱀파이어들은 끝없는 경쟁에 열을 올릴 것이다.

초량, 그는 비록 인간이지만 야현의 측근이며 이 전쟁의 실질적인 작전을 짜고 이끌어 갈 작전 참모장이다. 세 후작은 물론이요, 백작들도 초량에게 잘 보이기 위해 몸부림칠 것이다.

신분 상승을 위해서.

반대급부로 초량은 누구도 무시할 수 없는 장악력을 가지게 될 것이고.

'제국을 세우고 그 판을 다시 짤 자.'

야현이 그 판을 맡겼을 만큼 심계가 무서운 자였다.

크리먼 백작과 눈이 마주친 초량이 담담히 미소를 보였고, 크리먼 백작도 미소로 화답했다.

크리먼 백작은 신분 상승의 욕구도 없다. 야현을 주군으로 모시며 그 곁에 있는 것으로도 만족하는 이다. 그러니 어차피 앞으로 벌어질 경쟁은 자신의 일이 아니다.

초량, 그가 인간이든 누구든 간에 상관없다.

주군의 수하이며 자신의 동지인 것만이 중요하다. 더불어 심계가 깊은 명현(明賢)한 자이니 더할 나위 없이 좋을 뿐이다. 한 가지 바람이 있다면 든든한 아군만이 아닌 적에게 무서운 이가 되었으면 하는 바람이다.

어찌 되었든.

'기대되는군.'

크리먼 백작은 뛰는 가슴을 느끼며 자신 앞에 놓인 식은 찻잔을 들었다.

*　　*　　*

대전 낮은 단 위에 세워진 용상에 야현이 앉아 아래를 내려다보고 있었다.

단 아래 대전 중앙 홀에는 좌우에 크리먼 후작, 초량을 시작으로 로스먼 후작, 보이틀러 후작, 힉스 후작, 그리고 열 명의 백작들이 이 열로 서 있었다.

중앙을 비켜난 벽면에 오십 명 가령의 화려한 복장의 인물들이 서 있었는데 자작과 남작들이었다. 중앙에 서 있는 이들은 백작가 이상의 영주들의 봉신 귀족들이었다.

"중립을 표방한 다섯 백작가 중 호른 백작가, 다니엘 백작가는 빛이 되어 사라졌으며, 나머지 세 백작가는 투항하였습니다."

좌측 열 가장 앞에 서 있는 총사령관 크리먼 후작이 보고했다.

"투항한 백작들은?"

"백작을 비롯해 직계 후계들은 지하 감옥에 투옥해 놓았고, 그 기사들과 일족들은 한곳으로 모아 수용해 놓았습니다."

야현은 고민할 것도 없다는 듯 명을 내렸다.

"백작들과 그 후계들은 화형에 처하라. 일족들은 분산시켜 배치하고, 기사들은……."

야현은 시선을 돌려 초량을 쳐다보았다.

"참모, 그대가 맡아."

"명!"

초량은 가슴에 주먹을 얹으며 짧게 복명했다.

순간 대전의 분위기가 바뀌었다.

백작가의 기사들의 수는 평균 일백.

백작가 세 가문의 기사들이니 그 수만 삼백에 가깝다. 기사의 수만 보자면 공작가에 가까운 전력이다. 그러나 별다른 불만의 목소리는 나오지 않았다.

백작가에 있는 수천의 일족까지 넘겨주었다면 모르겠지만, 뱀파이어 세계에서 실질적인 전력은 일족의 수였다. 기사들보다 무력이 약하지만 뱀파이어의 특성상 일족 한 명 한 명의 무력도 무시할 수 없는 수준이기 때문이었다.

더욱이 전시 상황이고, 참모부 휘하에 기사단의 존재는 달리 생각하면 그다지 거슬리는 것은 아니었다.

중앙 귀족들의 분위기와 달리 구석에 모여 있는 봉신 귀족, 남작들은 묘한 흥분을 내비치고 있었다.

백작가 세 가문이 사라졌다는 사실 때문이었다.

그들 중에는 세습 귀족도 있고, 일대로 끝나는 종신 귀족도 있을 것이다. 어찌 되었든 그들은 봉신가다. 한 마디로 중앙에 서 있는 영주들의 신하라는 소리다.

언제든지 작위를 거둬갈 수 있는.

그런데 거기서 벗어나는 길이 열린 것이다.

"페터 공작가에서 나온 자가 있나?"

야현은 남작들이 모여 있는 곳을 쳐다보았다.

오십여 명의 무리와 동떨어진 곳에 서 있던 두 사내가 머뭇거리며 앞으로 나왔다.

“페터 공작가 영주 대리 모텐슨 자작이옵니다, 전하.”

“페터 공작가 기사단장 쉴러 자작이옵니다.”

야현은 다리를 꼬며 그 둘을 내려다보았다.

“페터 공작의 후계자들인가?”

야현의 물음에 둘은 눈에 띄게 흠칫거렸다.

“그, 그러하옵니다.”

“그러하옵니다, 전하.”

야현은 다리를 꼰 채 둘을 내려다보며 팔걸이를 손가락으로 톡톡 두들겼다. 시간이 흐를수록 그들의 얼굴에는 긴장감이 더욱 커져 갔다.

“그렇게 긴장할 거 없어.”

야현은 잠시 고민하는 사이에 창백해진 그들을 보며 피식 웃음을 터트렸다.

“페터 공작이 죽은 것은 무능 때문이었으니까.”

그 말에 둘의 얼굴에는 안도감이 어렸다.

“자작이면 봉신 귀족일 테고.”

말이 봉신이지만 주군은 이미 죽고 없었다.

“백작 위가 몇 자리 비었다. 후작 위도.”

야현은 손을 저어 다시 물러가라는 명을 간접적으로 내렸다.

"……!"

"……!"

야현의 말에 둘의 눈이 부릅떠졌다.

죽을 줄 알았는데 살았다.

단순히 산 것만이 아니다.

세습 귀족이 될 수 있다.

"성은에 감사하옵니다."

"신명을 다해 전장을 승리로 이끌겠나이다."

둘이 물러가고.

"일족들은 모두 모였나?"

"십수 명 정도 비기는 하나 그 외의 일족들은 모두 집결했나이다."

초량이 허리를 숙이며 대답했다.

"한 가지 원칙만 주겠다."

야현의 말에 모두가 주목했다.

"반군 여섯 백작가의 백작의 수급을 가져오는 자."

야현은 자작과 남작들을 쳐다보았다. 그리고 야현을 바라보는 자작과 남작들의 눈동자가 번뜩이기 시작했다.

"백작 위를 준다."

야현은 고개를 돌려 영주들을 쳐다보며 말을 이었다.

"그리고 헤크 후작의 머리를 가져온다면 후작 위를, 블러드 문의 후계자의 머리를 가져오면 공작 위를 주지."

야현은 세 후작을 향해 몸을 가져가며 나직하게 속삭였다.

"누가 가져오든 상관없다. 가져만 와라."

소리 없는 열기, 신분 상승의 열망이 대전에 휘몰아쳤다.

"초량."

"예, 전하."

"내일 출전할 것이다. 오늘 군 편성을 끝내놓도록."

야현이 자리에서 일어났고, 초량은 대전을 나가는 야현을 향해 허리를 숙였다.

후작부터 시작해서 남작까지, 모든 이의 시선이 초량에게로 향했다.

군 편제의 모든 권한을 받은 그에게로.

"대회의실로 모이시오."

초량은 입꼬리를 말아 올리며 대전 좌측에 위치한 대회의실로 향했다.

* * *

붉은 석양이 사라지고 달이 뜬 밤.

블러드 문 왕성 앞 거대한 광장, 그 크기가 무색하게 발디딜 공간이 없을 정도로 수많은 인파가 들어서 있었다.

"음?"

야현은 대략적으로 눈에 들어오는 인파의 수에 묘한 음성을 흘렸다.

"일족의 수가 오만이라고 하지 않았나?"

"그러하옵니다."

반군의 수, 오천.

감히 중립에 섰다가 몰락한 다섯 백작가의 사망한 이가 대략 일천.

그렇다면 이곳에 모인 이의 수는 대략 사만 육천 명쯤 되어야 한다.

그런데 그 수가 훌쩍 넘어 보인다.

싸늘한 바람을 타고 흘러온 냄새에 야현의 눈썹이 슬쩍 올라갔다.

인간의 냄새가 진하게 풍겼다.

"훗!"

야현은 차가운 조소를 흘렸다.

"기사 및 용병 출신의 인간들이 출전하기를 희망하여 받아들였습니다."

초량이 대답했다.

뱀파이어 왕국의 중심은 당연히 뱀파이어 일족이다. 하지만 일족만큼 만만찮게 구성원을 차지하는 것은 인간들이었다. 뱀파이어를 동경하고, 일족이 되고자 하는 어리석은 이들이다.

굳이 인간의 왕국에 빗댄다면 뱀파이어 일족은 귀족이고, 인간들은 기사에서 평민, 농노, 노예라 할 수 있다. 실질적으로 그러한 일들을 맡고 있으니.

"나쁘지는 않군."

야현은 단상 위로 올라갔다. 그러자 광장을 가득 채우고 있던 웅성거림이 사라졌다.

"너희들이 듣고 싶어 하는 것만 다시 말하지."

야현은 수만의 붉은 눈빛을 보며 입을 열었다.

"반군의 목을 가져오라. 신분 고하를 떠나 그 자리를 주겠다."

뜨거운 열기가 피어났다.

"전하."

그때 철제 갑옷을 입은 중년의 인간 기사가 잔뜩 긴장한 모습으로 손을 들었다.

"그대들도 듣고 싶어 하는 것을 말해 주지."

야현은 뱀파이어 일족 무리에 끼지 못하고 외곽에 서 있는 인간들을 보며 히죽 미소를 지었다.

"가져오라. 가져오면 그대들도 그 작위를 준다. 그리고!"

야현은 강한 어조와 함께 잠시 말을 끊었다가 이었다.

"이 내전으로 많은 일족이 죽을 것이다. 일족의 수는 유지되어야 하는 법. 전공을 세우라. 전공을 세운 자, 본인의 백성이 될 것이다!"

"와아아아아아!"

"우와아아아!"

물경 이만 명에 가까운 인간들은 뱀파이어들과 달리 함성을 내질렀다.

"전군 출전!"

이어 크리먼 후작이 전쟁의 서막을 올렸다.

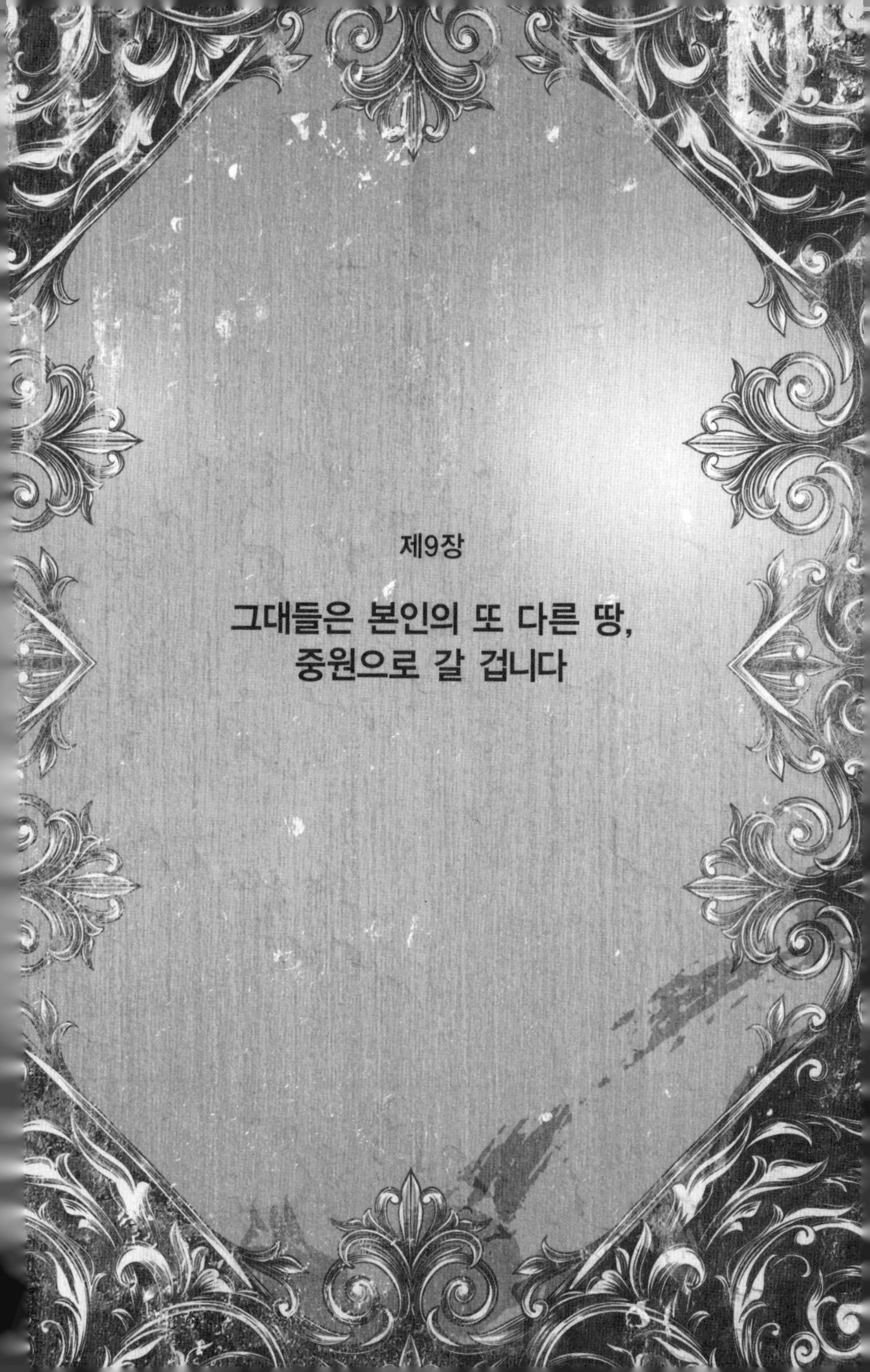

제9장

그대들은 본인의 또 다른 땅,
중원으로 갈 겁니다

Vampire

깊은 산중.

분지라고 하기에는 애매한 골짜기 사이에 제법 큰 도시가 있었다.

반군 여섯 백작가 중 한 곳인 포툼 백작가였다.

"흐음?"

야현은 산중에서 도시를 내려다보며 묘한 신음을 흘렸다.

죽은 도시처럼 생기가 보이지 않았다.

"아마도 빅토르 공작가나 헤크 후작가로 이동을 한 듯하옵니다."

초량은 어느 정도 예상을 하고 있었다는 듯 보고했다.

"그 사실을 알면서 온 이유가 있겠지?"

대군이 쳐들어오는데 앉은 자리에서 죽을 바보는 없다.

"허울뿐인 땅이라도 굴복을 시켜야 전하의 위엄이 서옵니다."

"하지만 얻는 것이 없지 않나?"

"있사옵니다."

단호한 초량의 대답에 야현이 미소를 지었다.

"그렇다면 본인이 무엇을 주어야 하나?"

얻는다고 했는데 야현은 준다고 했다.

"현재 이 전쟁에서 가장 불안해하는 것은 인간들이옵니다. 그들로 하여금 전공을 세우게 하고 은혜를 베푸시옵소서."

그들에게 은혜란 일족으로 다시 태어나게 하는 것이다.

"그대는?"

초량은 야현의 물음에 눈매가 굳어졌다.

그리고 한동안 말이 없었다.

시간이 흐르고 흘러.

"내전이 끝나고 말씀을 올리겠나이다."

"시작해."

야현은 그 대답에 고개를 끄덕이며 명을 내렸다.

그리고 아무것도 없는 맨바닥에 앉으려 하자.

콰드드드득!

땅거죽을 뚫고 스켈레톤 십여 구가 튀어나와 의자를 만들어졌다.

"피의 순교로 다시 태어나고자 하는 백성들은 들으라."

초량은 마법 확성기를 통해 근엄한 목소리로 명을 하달하기 시작했다.

"전공 상위 오십 인에게 피의 은혜를 베풀 것이다."

뜨거운 열기가 인간 기사들에게서 피어올랐다.

"출전하라!"

작지만 단호한 명에.

파박!

이만의 인간 기사들이 포툼 백작가를 향해 빠르게 내려가기 시작했다.

그들을 내려다보는 야현의 눈에 흥미로운 감정이 담겼다.

무질서하게 포툼 백작가로 내려가는 인간 기사들 중에 일사불란하게 움직이는 몇 무리가 눈에 들어왔다.

"재미난 놈들이 있군."

"가장 대규모로 움직이는 무리는 카플러스 단입니다."

"단?"

"자유기사를 주축으로 만들어진 곳이온데, 기사뿐만 아니라 자유용병까지 포섭해 만들어진 무력 단체이옵니다. 평균적인 무력 수준은 순수 기사단보다는 낮지만 압도적인 수로 무용을 드러내는 곳입니다."

초량의 시선이 닿은 곳의 무리는 얼추 천여 명 정도로 보였다.

"그리고 무리 중 다른 주목할 만한 곳은 붉은 피 성기사단과 검은 십자가 기사단이옵니다."

"검은 십자가는 알겠군. 그 문신을 한 이들을 본 기억이 있어."

"두 기사단은 소수이오나 카플러스 단도 이 두 기사단만큼은 무시하지 못할 정도로 개개인이 뛰어난 기사들로만 구성된 기사단이옵니다. 붉은 피 성기사단, 검은 십자가 기사단 모두 대략 오십 명 안팎으로 구성되어 있습니다."

"재미있군."

야현은 흥미가 동하는지 자리에서 일어나 허공으로 몸을 날렸다. 그리고 포툼 백작가의 영지 포툼 도시로 향했다.

*　　*　　*

자욱한 피 냄새를 거쳐 야현은 포툼 영주성으로 들어섰

다.

야현이 영주성 중앙 관저 대전으로 들어서자 십수 명의 기사가 무릎을 꿇으며 군례를 취했다.

"충!"

"충!"

"충!"

야현은 대전 중앙에 놓여 있는 의자에 앉았다.

그런 그의 옆으로 초량을 비롯해 크리먼 후작, 그리고 나머지 후작들이 자리했다.

"인사를 올려라."

초량의 말에.

"카플러스 단, 단주 카플러스라 하옵니다. 전하!"

사십 대로 보이는 장대한 체구의 기사가 바닥에 바싹 엎드리며 자신을 소개했다.

"붉은 피 기사단을 이끌고 있는 파묵이라 하옵니다."

"검은 십자가 기사단, 단장 핀터라 하옵니다."

역시나 영주실을 차지한 이들은 초량이 말했던 이들이었다.

카플러스 단은 규모가 있으니 차치하고 붉은 피 기사단과 검은 십자가 기사단은 어느 인간 왕국에 내놔도 쉽게 밀리지 않을 정도로 상당한 무력을 가졌다고 보고를 받았다.

야현은 의자 팔걸이에 턱을 괴고 그 셋을 내려다보았다.

생각 이상의 무력, 그리고 신앙심에 가까운 절대적 충성심.

'멍청한 놈들.'

야현은 가장 먼저 블러드 문을 떠올렸고, 이어 오만하게 서 있는 세 후작을 쳐다보았다.

"카플러스."

"화, 황공하옵니다. 전하!"

카플러스는 호명에 떨리는 목소리로 머리를 바닥에 쿵 찧으며 감격을 토해냈다.

"그대의 단에서 뱀파이어가 되면 좋을 위치는 어디까지인가?"

카플러스는 고개를 번쩍 들어 야현을 쳐다보았다가 황급히 다시 숙였다.

온몸이 바들바들 떨릴 정도로 카플러스는 흥분을 이겨내지 못한 채 고민에 고민을 거듭했다.

과하지 않게, 하지만 부족하지도 않게.

"소신을 비롯해 부단장, 열 명의 백인대장이면 감읍할 따름이옵니다."

"그대의 직속 십인대도 있지 않나? 부단장도?"

"그, 그러하옵니다."

"그들에게 피의 은총을 허락한다!"

쿵! 쿵! 쿵!

카플러스 뒤에 서 있던 세 명의 사내가 바닥에 머리를 찧으며 격정 어린 목소리를 터트렸다.

"피의 은총을! 폐하에게 충성을!"

"영원한 충성을 바치겠나이다!"

"황공하옵니다, 전하!"

야현은 고개를 돌려 다른 두 기사단장을 내려다보았다.

꿀꺽!

소리는 들리지 않았지만 그 둘의 목울대가 꿈틀거렸다.

"그대들의 기사단 전원에게 피의 은총을 허락한다."

"피의 은총을!"

"영원한 충정을!"

다른 이들의 반응도 앞선 반응과 별반 다르지 않았다.

"아울러."

야현의 말은 끝나지 않았다.

"카플러스 단주와 부단주, 두 기사단의 단장과 부단장에게는 진혈의 피를 하사한다."

그들은 감격에 겨워 말도 제대로 잇지 못하는 듯 그저 바닥에 머리를 강하게 찧으며 충성심을 드러낼 뿐이었다.

"초량."

"예, 전하."

"내일은 코클루 백작가인가?"

"그러하옵니다."

"남은 다섯 백작가에서 검증된 자들로 일백 명씩 다섯 기사단을 만들어."

"……?"

"쓸 만한 놈들이 있으면 더 만들어도 된다."

"그들을 어디에 쓰시려 하온지……."

"일단은 어둠의 왕국 통일을 위한 첨병."

초량은 야현의 입가에 피어나는 미소를 보았다.

"그리고 본인의 또 다른 땅, 중원."

피의 은총!

뱀파이어를 신봉하는 인간들은 일족이 되는 것만으로도 은혜로운 일이라 여겼다.

그런데!

피의 은총만이 아니었다.

이번에 전쟁에 전공을 쌓은 이들 중 소수지만 몇몇이 진혈의 피를 하사받은 것이다.

뱀파이어 왕국, 귀족 중의 귀족.

왕족이 태어난 것이었다.

인간들의 피가 단숨에 끓어올랐다.

*　　*　　*

다섯 백작가는 앞선 포툼 백작가처럼 수월하게 정복되었다.

그와 더불어 전공이 뛰어난 이들과 초량이 앞서 점을 찍어둔 이들을 '피의 은총' 이란 이름으로 뱀파이어 기사로 만들었다.

눈앞에 앉아 있는 여섯 명의 사내.

그중 다섯은 이번에 새롭게 만든 뱀파이어 기사단의 기사단장들이었고, 남은 한 명의 사내는 카플러스 단의 단장 카플러스였다.

"기사단의 이름은 나이트 문(Night moon)으로 하라."

야월.

야현이 가장 좋아하는 단어이자 그가 가진 애병의 검명이기도 하였다. 또한 새롭게 만든 기사단이 야월처럼 자신의 검이 되라는 의미를 담은 것이기도 했다.

"감읍할 따름이옵니다."

붉은 피 성기사단 단장이었던 파묵이 감격을 애써 죽이며 절도 있게 복명했다.

기사단장 자리를 두고 붉은 피 성기사단장 파묵과 검은 십자가 기사단장 핀터가 다투는가 싶더니 파묵이 기사단장을, 핀터가 부기사단장을 맡았다.

"그리고."

야현은 고개를 돌려 카플러스 단장 카플러스를 바라보았다.

"나이트 문 병대(兵隊)라 하지."

일천이었던 카플러스 단은 피의 은총을 받은 직후 그 세가 급격히 커졌다. 자발적으로 단에 입단하려는 이들이 줄을 섰기 때문이었다.

그렇다 보니 처음 포툼 백작가로 진격할 당시 일천이었던 단이 지금은 삼천에 육박할 정도의 대군으로 성장한 터였다.

"황공하옵니다."

"야속하지는 않나?"

함께 어깨를 견주던 이들은 기사단이 되었지만 카플러스 단, 이제 나이트 문 병대인 그의 조직은 어찌 보면 제자리인 까닭이었다.

"아니옵니다. 애초에 기사단과 소신의 단, 아니 병대는 걷는 길이 달랐사옵니다."

그 말에 야현은 흡족함을 내비치며 고개를 끄덕였다.

"기사단은 전통적으로 매우 중요한 전투 집단이지. 그러나."

야현은 카플러스를 직시하며 말을 이었다.

"그만큼 중한 것이 바로 병사들이다. 어중이떠중이 병사들이 아닌 정예화된 병사들이야말로 때로는 기사단보다 중하고 강한 법이야."

카플러스의 눈에 기쁨이 어렸다.

잘 정예화된 수백의 용병대는 기사단을 상대할 수 있으며, 전장에서도 뛰어난 중갑 보병대의 손에 기사단이 몰살되는 경우도 없지 않았다.

그렇기에 카플러스 또한 기사단이 아닌 단을 만들었던 것이다. 야현이 자신의 생각에 동조해 주니 어찌 기쁨이 생겨나지 않을 수 있으랴.

야현은 여섯 명의 사내, 뱀파이어들을 보며 흐뭇한 감정이 생겼다.

뱀파이어 왕국의 뱀파이어들은 블러드 문의 아이들이다.

최측근인 크리먼 후작도 엄밀히 말하자면 블러드 문의 핏줄이었고, 제갈지소가 있다지만 그녀는 자신의 후계자이다. 하지만 이들은 자신의 피가 이어진 이들이었다.

'흠.'

야현은 그들을 보며 속으로 깊은 침음을 삼켰다.

처음에는 이들을 근위병처럼 개인 무력 단체로 사용하려 했다.

하지만 생각이 바뀌었다.

자신의 힘이 뱀파이어 왕국 내에서 절대적이라고는 하나, 지금처럼 블러드 문을 섬기는 반역의 세력이 다시 나타나지 않는다는 보장도 없었다.

그런 반역을 막기 위해서는 좀 더 공고한 세력이 있어야 한다.

야현은 이들을 물리고 초량을 불렀다.

"부르셨나이까?"

"현재 분위기는 어떤가?"

이제껏 전쟁에서 전공을 세운 것은 모두 인간 병사들뿐이었다. 사실 뱀파이어들이 끼어들 전쟁도 아니기도 하였다.

"지금까지 인간들에게 많은 기회가 주어졌던 터라 공작령 진격에 다들 신경이 날카롭게 서 있나이다."

"그래 봐야 빈집털이겠지."

"그걸 알기에 불만은 있겠지만 밖으로 표출하지 않고 있사옵니다."

실질적인 전공은 내일 점령할 공작령이 아닌 후작령에서

세워질 터. 일단 내일 있을 공작령 점령은 지금처럼 본격적인 전쟁 전 가벼운 몸풀기 정도라 여기고 있을 것이다.

"초량."

"예, 전하."

"나이트 문 기사단과 병대. 그들을 키워야겠어."

"흠."

초량 역시 어느 정도 느끼고 있던 바였다.

비록 야현이 강한 힘으로 왕국을 손에 넣었다지만, 그 기반이 너무 약했다. 그래서 판을 흔들고 신분 상승을 미끼로 그들로 하여금 충성심을 이끌어냈지만 뭔가 미진하다 여기던 바였다.

그때 마법 병단 소속 흑마법사가 들어와 낮은 목소리로 무언가 보고를 올렸다.

그 보고에 초량의 입가가 말려 올라갔다.

"전하. 마침 후작령의 군사가 움직임을 보였사옵니다."

"시기적절하기는 한데."

후작령에 집결해 있던 반군들이 조용하고 은밀히 나와 뱀파이어 왕국의 수도로 향한 것이었다.

"이걸 뭐라고 해야 할지. 눈에 뻔하다 해야 하나? 아니면 정직하다고 해야 하나?"

야현의 입가에 조소가 걸렸다.

"정직하다면 정직하다고 말할 수 있겠지만, 엄밀히 말하자면 아둔한 것이지요."

초량도 그와 별반 다르지 않은 조소를 지으며 대답했다.

빈집털이 하듯 여섯 백작가와 빅토르 공작가를 차근차근 정복했다. 빅토르 공작가를 칠 때쯤 헤크 후작가는 기다렸다는 듯 뱀파이어 왕국의 수도로 군사를 일으켜 진격을 시작한 것이었다. 수도를 차지하고 정통성을 내세워 블러드 문의 직계 후계자를 왕위에 옹립한다면 뱀파이어들의 마음을 흔들 수 있을 거라는 판단에서였다.

그렇게 된다면 나름 훌륭한 작전이기도 하다.

문제는 조금이라도 병법을 알고 지략을 갖춘 자라면 충분히 예상할 수 있는 작전이었다. 그렇기에 초량이 그러한 작전을 놓칠 리 없었다.

충분한 예상 범위였다.

어찌 보면 초량이 애초에 파 놓은 함정일지도 모른다.

"소신의 생각에 수천 년 전쟁다운 전쟁을 경험하지 못해 그런 것이 아닌가 싶기도 하옵니다."

수천 년 동안 경직된 사회였다.

"그렇겠군."

야현은 고개를 주억거리며 말을 이었다.

"원래 계획은 반군의 후미를 치는 것이온데."

"……?"

"뱀파이어들의 불만을 가라앉힌다는 명목으로 인간 출신 병사들은 수도 경비를 이유로 회군시키는 것은 어떠하온지요."

"본인의 사람으로 진짜 공을 세운다?"

"그러하옵니다."

좋은 생각이다.

"지금 이 시기에 수도로 병력을 옮기면 눈치챌 이들이 있지 않겠나?"

"없지 않을 것이옵니다. 명현한 자들이오니 포상과 함께 품으로 끌어안으면 되옵니다."

초량의 말에 야현은 흡족한 표정으로 고개를 끄덕였다.

"그리하라."

"명!"

초량의 짧은 복명이 울렸다.

*　　*　　*

블러드 문이라는 이름이 왕국에서 지워지고.

야누스라는 새로운 이름을 얻은 왕궁.

보름달이 뜬 밤, 야현은 왕성 성곽 위에서 야누스 도시

광장을 내려다보고 있었다.

그런 그의 옆에 힉스 후작이 서 있었다.

"의외야. 후작 중에 한 명이 본인을 따라올 줄은 몰랐어."

"칭찬으로 듣겠나이다."

힉스 후작 역시 광장을 내려다보며 강단 있는 목소리로 대답했다.

"훗."

야현은 그런 힉스 후작의 모습에 짧게 웃음을 터트렸다.

"칭찬이야. 그대와 그대의 방계, 두 백작의 병력이 제법 도움이 되겠어."

힉스 후작은 소속 기사단 삼 대, 삼백 명의 기사를 포함 일천의 병력을 가지고 있었다. 또한 그의 방계 두 백작은 각자 일백 명의 기사를 더한 오백의 병력을 이끌고 있었다.

이들의 수만 이천이었다.

"공작은 그대의 것이 되겠군."

"실망시키지 않겠사옵니다."

그러는 사이.

스으윽!

왕국 수도 외성 성곽 위로 수백의 검은 그림자들이 모습을 드러냈다.

반군들이 수도로 들어서기 시작한 것이었다.

"반군들이 광장에 들어서면 시작하지."

"명!"

야현은 나직한 힉스 후작의 복명을 들으며 어둠 속으로 사라졌다. 이어 힉스 후작 역시 모습을 감췄다.

* * *

외성 성곽 위에 선 기사들 중앙에 한 사내가 성문에서 이어진 대로를 내려다보고 있었다.

반군의 실세 헤크 후작이었다.

그의 시선이 대로를 따라 이어진 넓은 광장에 잠시 멈춰 섰다가 이내 절벽을 방패 삼아 우뚝 솟아 있는 왕성을 향했다.

"특별한 인기척은 보이지 않는군."

그 뒤로 앳된 얼굴의 청년이 다가와 섰다.

블러드 문의 숨은 적자, 켈트였다.

"인간들의 냄새가 가득하옵니다."

헤크 후작이 선불리 내성으로 들어서지 못한 이유가 바로 이 때문이었다.

"미천한 인간 따위가 뭐라고 그리 걱정하는가? 이미 모든 일족들은 후작령에 집결해 있는 것을."

켈트는 가볍게 몸을 띄워 굳게 닫힌 성문 아래로 내려섰다.

"하오나 전하."

헤크 후작이 서둘러 켈트 옆을 지켰다.

"헤크 후작."

"예, 전하."

"우리에게 중요한 것은 저 왕성으로 들어가는 것이 아니다. 과인이 왕위를 계승하고 어떻게 일족을 품에 안아 저 극악무도한 반역도의 목을 베는가다."

"그건 걱정하지 마시옵소서. 전하께서 옥좌에서 왕위 계승을 선포한다면 모든 일족들이 허리를 숙일 것이옵니다."

포툼 백작이 재빨리 켈트 옆에 붙으며 말했다.

"맞사옵니다. 일족의 피가 블러드 문 상왕에게서 이어졌사옵니다. 당연히 모든 일족들은 전하에게 무릎을 꿇고 충성을 바칠 것이옵니다."

또 다른 백작의 말을 들은 켈트의 표정에 자신감이 차올랐다.

"어서 옥좌에 앉으시옵소서. 그리고 전하의 백성들을 맞이하옵소서. 그리고 반역도의 목을 치라 명을 하시옵소서."

"……앉으시옵소서!"

마치 경쟁이라도 하는 듯 백작들의 발언이 이어졌다.

"가자!"

그래서일까, 켈트는 제법 큰 목소리로 명을 내리며 걸음을 내디뎠다.

켈트를 중심으로 헤크 후작, 여섯 백작과 그들의 기사단들과 일족들까지, 오천의 대군이 단숨에 대로에 들어서자 넓은 대로가 단숨에 미어터졌다.

"흠."

광장을 지척에 두고 헤크 후작이 걸음을 멈췄다.

그저 숨을 죽이고 숨어 있다고 하기엔 이상할 정도로 인간들의 냄새가 너무 짙었다.

"무슨 일인가?"

켈트가 미간을 찌푸리며 물었다.

"느낌이 좋지 않사옵니다."

"후작이 긴장을 하기는 했군."

켈트는 헤크 후작의 어깨를 가볍게 치며 다시 걸음을 내디뎠다. 그렇게 켈트를 선두로 후작과 백작들, 기사단이 광장에 들어섰다.

"음?"

켈트의 경쾌하고 빠른 걸음이 얼마 가지 못하고 멈췄다.

야누스 왕궁 궁문을 뒤로하고 광장 중앙에 한 인물이 서 있었기 때문이었다.

"……?"

켈트가 의아한 표정을 막 드러냈을 때.

"야, 야누스!"

헤크 후작의 입에서 일갈이 터져 나왔다.

"이렇게 보니 반갑군요."

야현은 양팔을 들어 반가움을 드러내며 켈트를 쳐다보았다.

"그대인가 보죠? 블러드 문의 피를 이은 적자가?"

야현의 등장에 켈트는 흠칫하며 저도 모르게 뒤로 한 걸음 물러났다. 그 모습에 야현이 잔인한 미소를 지었다.

헤크 후작은 굳은 얼굴로 켈트 앞으로 나와 그를 보호했다.

그러면서 주위를 빠르게 살폈다.

스으윽!

희미한 소리와 함께 광장과 대로 주변 건물 위로 수천의 인형들이 조용히 모습을 드러냈다.

"흠."

헤크 후작이 나직하게 침음을 흘린 후.

"설마 인간들을 이용할 줄 몰랐군."

야현에게 말했다.

"그리 말하면 섭섭하네."

힉스 후작의 목소리가 어느 지붕 위에서 울려 퍼졌다.

"……힉스 경."

헤크 후작은 그의 등장에 입술을 깨물었다.

동시에 끈적끈적하고 음침한 뱀파이어들의 기운들이 서서히 다가오는 것이 느껴졌다.

챙!

불안감을 이기지 못한 어느 한 기사가 검을 뽑자.

챙! 챙챙챙챙챙!

반군 기사들은 일제히 검을 뽑으며 지붕을 향해 경계 어린 눈빛을 띠었다.

"본인은 해야 할 일이 참으로 많습니다. 그런 귀중한 시간을 그대들이 허비하게 하였습니다."

야현은 느린 걸음으로 켈트를 향해 걸어갔다.

"짜증이 납니다. 그래서 본인은 이 짜증의 원흉인 그대를."

야현이 켈트를 보며 잔인한 웃음을 드러냈다.

"고통스럽게 죽일 겁니다."

야현의 미소를 본 켈트의 눈동자가 흔들렸다.

켈트가 야현의 기세에 눌렸음을 알아차린 헤크가 검을 높이 들며 소리쳤다.

"죽여라! 저 반역도의 목만 벤다면 우리의 승리다! 죽여라!"

헤크의 명에 헤크 후작가 제1 기사단이 가장 먼저 야현을 향해 달려 나갔다.

"크크크크크!"

야현은 허리를 굽혀 흉소를 터트리다가.

"크하앗!"

달려오는 기사들을 향해 살기를 터트렸다.

동시에 야현의 눈동자가 붉게 변했다.

"흡!"

가장 선두에서 선봉을 선 헤크 후작가 제1 기사단장은 야현의 눈을 마주하자 단숨에 몸이 굳어 버렸다. 마치 초식 동물이 맹수를 마주한 것처럼.

권능! 지배!

야현은 잠시의 틈을 보인 제1 기사단장과의 거리를 단숨에 좁히며 일권으로 그의 머리를 부숴 버렸다.

퍼석!

단숨에 제1 기사단장의 머리를 부순 야현은 무리 지어 달려드는 제1 기사단 사이로 뛰어들었다.

퍽!

야현은 마주한 기사의 배를 발로 차 앞으로 밀어 버리며 아공간을 펼쳤다.

스르릉!

그리고 은빛 검날이 번뜩이는 야월을 뽑아 들었다.

"크핫!"

야현은 진각을 밟으며 거리를 벌린 기사의 몸을 단숨에 잘라 버렸다.

후우우우웅!

야현의 몸에서 파문이 일더니 야월의 검신에서 탁한 붉은색 검강이 치솟았다.

"갈!"

야현이 일갈을 내지르자.

마치 시간이 멈춘 것처럼 앞을 가로막고 있던 기사들의 몸이 굳어졌다.

"크하앗!"

야현은 크게 몸을 회전하며 검강을 담은 야월을 내려 그었다.

그 순간 헤크 후작가 제1 기사단 기사들은 마치 올무에라도 걸린 사냥감처럼 아무것도 할 수 없었다.

자신을 베어 오는 강기, 오러를 보며.

그러다 문득 한 기사의 머릿속에 '일족이 오러를, 마나를 쓸 수 있나?' 라는 의문이 피어났다가 죽음과 동시에 사라졌다.

단칼에 십수 명을 벤 야현은 훌쩍 뛰어올라 켈트 앞에 섰다.

"뱀파이어 왕국에는 다른 왕국처럼 옥쇄라든가 왕을 상징하는 기물이 없지요. 왜 없는지 아나요?"

켈트는 공포에 젖은 눈으로 마른침을 삼키느라 어떤 대답도 내뱉지 못했다.

"필요 없거든요. 이 왕국에서는 그러한 기물이."

야현은 켈트에게로 허리를 살짝 숙이며 얼굴을 가져갔다.

"왜냐? 왕만이 가지는 권능이 그 모든 것을 무용(無用)하게 하니까. 크크크, 크하하하하하!"

야현은 겁에 질린 켈트의 눈을 보며 대소를 터트렸다.

제10장

참으로 아름다운 밤이로군요

“크하하하하하!”

야현의 대소가 광장을 쩌렁쩌렁 울릴 때.

사사삭!

수백의 기사들이 야현을 에워쌌다.

“크크.”

야현은 웃음소리를 줄이며 주위를 빼곡하게 둘러싼 기사들을 빠르게 일견했다. 그러고는 다시 켈트를 쳐다보며 히죽 웃음을 지었다.

“그대는 가장 나중에, 그리고 가장 잔혹하게.”

야현의 목소리는 조금씩 조금씩 작아졌다. 그리고 마지

막에는 거의 들릴 듯 말 듯 속삭이는 것처럼 되었다.

"죽여드리지요."

"헙!"

켈트가 헛바람을 채 들이마시기도 전에 야현은 그의 가슴을 발로 후려치듯 밀어 버렸다.

"컥!"

켈트는 짧은 비명과 함께 저 멀리 뒤로 날아가 바닥에 처박혔다.

그그그극!

야현은 야월을 바닥에 긁으며 들어 올렸다.

"자, 그럼 시작할까요? 피의 축제를."

그리고 야현의 신형이 그 자리에서 사라졌다.

서걱!

어둠 속에서 달빛을 머금은 은빛 궤적이 기사의 몸과 겹쳐졌다. 섬뜩한 파음이 이어졌고, 검붉은 피가 튀었다. 짧은 단말마도 없이 기사는 몸이 반으로 갈리며 죽은 것이다.

화르르륵!

그리고 불에 재가 되어 사라졌다.

그런데 짧게 피어났다가 재로 변하는 불이 마치 폭죽이라도 터지는 것처럼 빠르게 이어졌다.

그 불꽃만 무려 스무 개 남짓.

눈 몇 번 깜빡였을 시간에 스무 명 남짓한 뱀파이어 기사가 사멸한 것이었다.

아니, 사멸된 것이다.

야현의 손에.

자신들이 어찌해 볼 틈도 없이 동료 스물이 사멸되니 그를 에워쌌던 기사들은 공포를 느꼈다. 기사들이니만큼 뒤로 물러나지는 않았지만 그렇다고 먼저 나서지도 않았다. 그러자 야현을 에워싼 압박이 조금 허술해지기 시작했다.

"이래서 본인을 죽일 수 있겠나?"

야현은 허술한 부분에 뛰어들어 야월로 두 명의 뱀파이어 기사를 잘라 버렸다.

화르르륵!

피어오르는 두 개의 불덩이 사이로 후작과 백작들 속에서 겁에 질린 눈을 하고 있는 켈트가 보였다. 야현은 그런 그의 눈을 마주치며 히죽 웃음을 지어 보였다.

그 비웃음에 켈트의 볼이 부르르 떨리더니 이내 그가 손가락을 들어 야현을 가리키며 소리쳤다.

"죽여라! 저자를 죽이는 이에게는 후작 자리를 주겠다! 아니, 공작을 주겠노라!"

비명이나 다름없는 명령에 야현은 피식 웃음을 터트렸

다.

왜 블러드 문의 적자이면서 숨겨졌는지 알겠다.

뱀파이어 일족은 피에 지배되는 종족이다.

피를 타고 거슬러 올라갈수록, 피가 진할수록 강하다. 그런데 켈트라는 자, 힘이 없다.

아니, 엄밀히 말하자면 이곳의 그 누구보다 힘이 강하다.

진혈의 피를 이었고, 그 진혈 중에서도 가장 피가 진했으니까.

그러나 그는 그 피를 모른다.

그 힘을 자각하지 못한 것이다.

그렇기에 그는 버려졌고, 잊혀진 존재가 된 것이었다.

"뭣들 하나!"

그때 헤크 후작이 일갈을 터트리며 켈트에게서 떨어져 야현을 향해 걸음을 내디뎠다.

"……."

야현은 헤크 후작을 쳐다보며 반개했다.

"후후."

이어 옅은 웃음이 흘러나왔고.

"크크크크."

그 웃음은 진득한 웃음으로 바뀌었다.

이곳에서 진짜는 저놈이었다.

진혈의 피가 진하다. 익히 알고 있는 다른 후작들보다도, 상위의 공작들보다도 더. 야현의 눈이 그의 뒤에 서 있는 켈트로 향했다. 그 피의 원천은 켈트이리라.

"너무 멍청해서 뭐라 해야 할지도 모르겠군."

야현은 켈트를 보며 중얼거렸다.

"다, 닥쳐라!"

헤크 후작이 나서자 어느 정도 마음에 안정을 찾은 것인지 켈트는 야현을 향해 버럭 호통을 쳤다.

헤크 후작은 그런 켈트의 모습에 눈가를 찌푸렸다.

"크크크."

야현은 비웃음을 날리며 헤크 후작을 다시 쳐다보았다.

동시에 야현은 공을 세우기 위해 앞뒤 가리지 않고 후작령으로 쳐들어간 후작들을 떠올렸다.

"어중이떠중이들보다 그대가 마음에 드는군요."

반란 자체는 마음에 들지 않았지만 헤크 후작의 행동은 의외로 마음에 들었다.

야현은 헤크 후작을 향해 걸음을 내디뎠다.

스윽!

그런 그의 앞을 가로막는 기사들.

그러나 야현의 붉은 눈동자가 번뜩이자, 뭐에 홀린 것처럼 기사들은 좌우로 갈라져 길을 텄다.

그 모습에 헤크 후작의 표정이 더욱 굳어졌다.

“마음에 들어.”

야현은 헤크 후작 바로 앞까지 다다라 그를 보며 나직하게 중얼거렸다. 그러나 얼굴 지척에서 중얼거린 터라 헤크 후작은 충분히 들을 수 있었다.

“가질까, 죽일까?”

여전히 중얼거림.

헤크 후작의 표정이 더욱 굳어졌고, 동시에 그의 눈동자의 붉은 동공이 확장되었다.

진혈의 권능을 발현한 것이다.

권능으로 야현이 내뿜는 무형의 압박을 벗어나려는 모양이었다. 야현은 순순히 그의 권능이 가진 힘을 느꼈다.

“호오—.”

야현은 나직하게 감탄사를 터트렸다.

“본인은 이게 문제야. 이게.”

야현은 난감한 표정을 지으며 헤크 후작 곁으로 다가가 그의 어깨에 팔을 걸쳤다.

“뭔가 좋은 걸 보면 가지든지, 가지지 못할 것은 부숴 버리지. 본인이 가지지 못한 것을 다른 누가 가지는 건 보기 좀 그렇잖아? 안 그런가?”

야현은 헤크 후작의 몸을 억세게 잡아당기며 물었다.

"그대는 어떤가?"

헤크 후작은 잔뜩 굳은 얼굴로 쉽사리 입을 열지 못하고 마른침을 꿀떡 삼켰다. 긴장을 한 것인지 뻣뻣해진 근육이 느껴질 정도였다.

"……헤, 헤크 후작."

그 모습에 당황한 듯 켈트가 심하게 말을 더듬으며 그를 불렀다.

"본인이 말이야. 아니야, 이 말부터 해야겠군."

야현은 친한 친구한테 말이라도 거는 것처럼 사근사근한 목소리로 입을 열었다.

"애석하게도 두 공작이 모두 죽었어. 즉, 두 자리밖에 없는 공작 위가 공석이라는 뜻이지. 그래서 본인이 그랬어. 블러드 문의 적자를 죽이는 자에게 공작 자리를 주겠다고."

야현은 헤크 후작의 귀에다 입을 가져가서 속삭였다.

"한번 해 보지 않겠나?"

야현은 헤크 후작의 몸을 켈트 쪽으로 틀었다.

뱀파이어는 귀가 밝다. 그렇기에 아무리 속삭였어도 그 소리를 듣지 못했을 리 없었다.

"헤, 헤크 경."

헤크 후작의 시선이 켈트에게로 향하자 그는 창백한 표정으로 헤크 후작의 이름을 불렀다.

"배, 백작들. 뭐, 뭐 하는가?"

켈트는 뒤로 물러나며 함께 옆을 지키고 있던 백작들을 소리치듯 불렀다.

백작들은 그런 켈트의 시선을 피했다.

야현이 권능을 개방하자 그들은 힘의 우위를 확실히 느낀 것이다. 아니, 힘의 우위를 떠나 거스를 수 없는 피의 종속을 느낀 것이다.

"어렵게 손에 넣은 힘이 아깝지 않은 모양이군."

야현은 머뭇거리는 헤크 후작의 모습에 목소리가 차가워졌다. 야현의 시퍼런 살기가 헤크 후작의 몸을 훑자마자.

서걱!

헤크 후작은 단숨에 거리를 좁혀 켈트의 목을 잘라 버렸다.

짝짝짝!

야현은 그런 헤크 후작을 보며 환한 미소와 함께 박수를 쳤다.

"공작 자리는 헤크 그대의 것입니다. 그에 걸맞은 진혈의 피는…… 필요 없겠군요."

헤크 후작은 야현을 바라보았다.

그의 눈동자에서는 일말의 망설임도 없었다.

쿵!

헤크 후작은 한쪽 무릎을 꿇고 군례를 취했다.

"감사하옵니다, 전하!"

오히려 가장 충실한 수하인 것처럼 절절한 목소리로 군례를 취했다.

"따라오세요. 아, 그대의 기사들도 챙기시고요."

야현이 걸음을 내딛자, 헤크 후작은 당연하다는 것처럼 경호를 하듯 옆으로 따라붙었다. 그리고 그의 기사단도 헤크 후작을 따라 야현을 주위로 모여들었다.

헤크 후작의 기사단 소속 기사뿐만 아니라 다른 소속의 기사들도 눈치를 보며 슬쩍 끼어들었다.

"하긴 공작이라면 기사의 수가 다섯 대, 오백 명이지요?"

"그러하옵니다, 전하."

야현의 말에 눈치를 보던 기사들이 빠르게 헤크 후작의 기사단 속으로 끼어들었다.

"뭣들 하나요? 공작 자리는 하나 더 남았습니다."

야현의 고개를 들어 소리쳤다.

"모조리 죽이세요."

야현의 명에.

"쳐라!"

지금까지 사태만 주시하던 힉스 후작과 나이트 문 소속 기사와 병대가 일제히 반군을 향해 달려들었다.

"으아아악!"

"크아아아악!"

잔혹한 비명을 뒤로하고.

"아주 상쾌한 밤이군요."

야현은 밤하늘에 뜬 달을 보며 환한 미소를 지었다.

* * *

긴 탁자 상석에 야현이 앉아 있었고, 우측에 헤크 후작이 앉아 있었다.

"헤크 공작."

"……아? 예, 전하."

헤크 후작은 자신을 부른 호칭을 바로 알아듣지 못하고 반 박자 늦게 대답했다.

"본인 외에 이 왕국에서 그대를 상대할 자는 이제 없겠어."

야현은 헤크 후작 아니, 이제는 공작이 된 그의 몸을 훑으며 피식 웃음을 터트렸다.

"소, 송구하옵니다."

야현은 그 모습에 피식 웃음을 삼키며 권능, 지배의 기운을 거뒀다. 그러자 헤크 공작의 창백한 얼굴이 핏기가 살짝 돌며 편안하게 바뀌었다.

헤크 후작은 켈트를 통해 블러드 문의 피를 고스란히 이어받았다. 무어라 구슬렸는지는, 궁금하지 않았기에 야현은 별다른 말을 하지는 않았다.

중요한 것은 과정이 아니라 결과였으니.

달그락.

그 사이 집사 장관 테오도어 백작이 차를 내왔다.

"마시지."

야현이 찻잔을 막 들어 한 모금 마셨을 때.

끼익!

대전으로 들어오는 문이 열리고 피를 흠뻑 뒤집어쓴 힉스 후작을 선두로 나이트 문 기사단장과 병대장이 안으로 들어왔다.

"반란 수뇌부를 비롯해 동조 세력은 모조리 베었나이다."

힉스 후작이 한쪽 무릎을 굽히며 군례와 함께 보고를 올렸다.

"동조 세력이라."

모조리 죽이지는 않았다는 말.

"넓은 아량도 필요한 법이옵니다."

야현의 중얼거림에 힉스 후작의 충언이 이어졌다.

하긴 모두 죽일 필요는 없었다.

어차피 일반 일족이라면 지금쯤 뼛속까지 공포가 각인되었을 터. 또한, 야현이 생각한 전쟁은 끝이 아니라 이제 시작이었다.

"초량에게 통신을 넣어. 돌아오라고."

그렇게 명을 내리다가.

"후작령에서 이곳까지 얼마나 걸리지?"

야현은 헤크 공작에게 물었다.

"보름 정도 걸리옵니다. 그러나 대군이니만큼 넉넉히 스무날 정도면 될 듯하옵니다."

야현은 고개를 끄덕이며 말을 이었다.

"그날까지 모두 쉬도록."

드르르륵.

야현은 자리에서 일어났다.

"그리고 아무도 방해하지 말라."

명령을 내린 야현이 몸을 돌려 대전을 나갔다.

* * *

침실에는 커다란 침대 하나와 자그만 책상, 의자 외에는 아무것도 없었다. 야현이 화려한 실내장식을 모조리 치워 버린 것이다.

다만 중앙 바닥에 큰 양탄자 하나는 깔려 있었다.

야현은 그 중앙에 가부좌를 틀고 앉아 있었다.

딱히 심상 수련을 한다거나 심법 수련을 하는 것은 아니었다. 심적인 여유를 갖기 위해 지난날을 천천히 돌아보고 있었던 것이었다.

그러나 얼마 가지 않아.

피식.

야현은 실소를 터트리며 눈을 떴다.

그다지 자신에게 어울리지 않는다는 것을 깨달은 것이다.

급할수록 돌아가라는 말이 있지만, 야현은 급할수록 몰아치는 성격이었다.

야현은 자리에서 일어나 책상으로 다가가 앉았다.

책상 위에는 두툼한 서책 몇 권이 놓여 있었다.

모두 세 종류였는데, 한 종류는 애초에 야현이 가지고 있던 전진파의 무공서였고, 다른 두 종류는 남궁세가의 무공서와 혈황무서였다.

야현의 눈길을 사로잡은 것은 혈황무서였다.

전진의 무공이 기초를 닦아 주었고, 남궁세가의 무공이 그 폭을 넓혀 주었다지만 그에게 가장 잘 어울리는 것은 혈황무서였다. 아니나 다를까 잠시 훑어본 것만으로도 그에게 또 다른 힘을 주기도 하였다.

야현은 혈황무서를 잠시 내려다보다 전진 진무를 펼쳤다.

무엇이든지 순서가 있는 법이었다.

전진 진무를 시작해, 현문정종 선천공에 이르렀다.

"흠."

야현의 입에서 미약한 침음이 삼켜졌다.

전진 진무를 통해 무공을 익혔고, 제법 능숙하게 받아들였다.

톡톡.

야현은 책상 상탁을 손가락으로 두들기며 얇디얇은 현문정종 선천공 책자를 내려다보았다.

무언가가 마음에 안 드는지 눈썹이 꿈틀거렸다.

그리고 그 대상은 다름 아닌 자신이었다.

뭐에 홀린 듯 다른 무공을 찾아다니며 익혔지만 정작 품에 안고 있던 선천공은 익히지 않았던 것이었다.

'남의 떡이 더 크다더니.'

실소가 이어졌다.

선천공은 내공심법이었지만 내공심법이 아니었다.

이런 표현이 있을지 모르겠지만 굳이 정의를 내리자면 '부가 심법?' 정도가 되겠다. 즉, 선천공은 내공을 쌓는 심법은 아니다. 쌓아둔 내공을 일순간, 안전하게 증폭시키는 심법이었던 것이었다.

"쩝."

야현은 아쉬운 듯 입맛을 살짝 다셨다.

이것만 익히고 있었더라면 천마를 대면했을 때 한 번쯤 제대로 부딪혀봤을 텐데 말이다.

선천공은 일반적으로 십이성으로 나뉜 내공심법과 달리 십단으로 나뉘어 있었다.

시작은 무단(無壇)에서 대성인 십단까지.

일단은 가진 내력의 반 배를 높여 줘 한 배 반의 힘을, 이단은 한 배, 즉 내력을 두 배로 높여 준다. 그런 식으로 단마다 반 배씩 올려 대성인 십단에 들어서면 가진 내력의 다섯 배가 되는 것이었다.

야현은 선천공과 혈황무서를 번갈아 보며 잠시 고심에 빠졌다.

무엇부터 익힐 것인가 고민을 할 수밖에 없었다.

똑똑.

그때 문기척 소리가 야현의 고민을 깨트렸다.

"무슨 일인가?"

"열흘 후면 도착한다는 총사령관의 보고가 있었사옵니다."

궁중 집사가 보고를 마치고 나갔다.

'열흘이라.'

야현은 서너 장에 불과한 선천공과 두꺼운 두께를 자랑하는 혈황무서를 다시 보다 선천공을 집어 들었다.

전진의 내공은 익혔으니 아무래도 짧은 시간 안에 익혀놓기에는 이질적인 혈황무서보다야 선천공이 낫다고 판단을 한 것이었다.

* * *

대전 용상 위 왕좌에 야현이 앉아 있었다.

다리를 꼬고 팔로 턱을 괴고 있는 야현의 미간은 슬쩍 찌푸려 있었다.

선천공.

지금 야현의 머릿속에 들어 있는 단 하나가 바로 그것이었다.

야현의 짐작대로 익히기는 매우 쉬웠다.

전진의 내력을 바탕으로 시작된 것이니 당연한 일일 것이다. 그러나 문제는 그다음이었다. 익히기는 쉬웠지만, 수련은 매우 난해했다.

"전하."

테오도어 백작의 목소리가 야현의 상념을 깨트렸다.

생각에서 나와 앞을 보니 수많은 귀족들이 대전을 가득 채우고 있었다.

"훗."

자그만 웃음이 야현의 입술을 비집고 흘러나왔다.

일견하기에, 대전 안에 있는 귀족들의 분위기는 확연히 상반되어 있었다.

누군가는 득의양양하게 웃고 있었고, 누군가는 낙담하거나 적의를 표출하고 있었다.

당연히 전자는 헤크 공작과 힉스 후작을 선두로 한 이들이었고, 후자는 헤크 후작령을 치러 갔던 이들이었다.

비록 야현 앞이라 이런저런 목소리가 흘러나오지 않았지만 분위기가 어수선하기 이를 데 없었다.

쏴아아아아!

야현의 몸에서 거친 기운이 폭사되어 대전을 무겁게 찍어 눌렀다.

"컥!"

"흐읍!"

피가 옅은 이들은 짧은 신음을 토해내며 바닥에 무릎을 꿇었다. 피가 진한 이들은 신음까지는 아니지만 창백해진 얼굴로 바닥에 무릎을 꿇고 엎드렸다.

"이곳은 그대들이 마음껏 감정을 표출할 수 있는 곳이 아니다."

야현은 심드렁한 표정으로 아래를 내려다보며 말했다.

"하, 하오나!"

아무리 힘에 눌려도 발악을 하는 이는 어디에나 있는 법.

"이럴 수는 없사옵니다."

"그러하옵니다!"

동조하는 이들도 당연히 있을 터.

셋은 다름 아닌 로스먼 후작과 보이틀러 후작, 그리고 분위기에 편승한 이름도 알지 못하는 백작이었다.

퍼석! 퍼석! 퍼석!

화르르르르르륵!

당연히 그 셋의 머리는 폭발하듯 부서졌고, 이내 불과 함께 사라졌다.

야현이 손을 젓자 바람이 불어와 그 재를 쓸어 담고는 창문 너머로 사라졌다.

"스스로의 위치를 알아라."

야현은 다리를 푸는가 싶더니 다른 다리로 발을 꼬았다.

"전하."

공포 속 적막을 깬 이는 초량이었다.

"논공행상은 어찌하오리까?"

"논공행상도 그렇고, 작위도 그러하고 새롭게 짤 필요가 있겠군."

보지 않아도, 마음속을 들여다보지 않아도 알 수 있다.

공포 속에 떨지만 모든 이의 귀가 야현과 초량의 대화로 집중되어 있음을 흐르지 않는 공기로 느낄 수 있었다.

"그대에게 일임하지."

"황공하옵니다, 전하."

그 말에 분위기가 다시 묘하게 바뀌었다.

아는지 모르는지 야현은 입을 열었다.

"내전에서 공을 세우지 못해 실망한 이들도 있을 것이야. 그렇지 않나?"

이번에는 아무런 대답도 흘러나오지 않았다.

"쯧."

야현은 못마땅하다는 듯 혀를 찼다.

"실망하지 마라. 그대들에게 또 다른 기회가 있을 테니까."

"……?"

몇몇 호기심이 강한 이들은 고개를 번쩍 들어 올렸다가 혹여나 야현의 눈과 마주칠까 서둘러 다시 고개를 숙였다.

"본인은 말이야."

야현은 테오도어 백작이 가져온 와인을 한 모금 마시며 나긋한 목소리로 말을 이어갔다.

"블러드 문처럼 제국도 아닌 이 왕국에서 말뿐인 폐하 소리를 듣고 싶지 않아."

야현은 이어 잔을 비운 후 자리에서 일어났다.

"본인은 뱀파이어 왕국이 아닌 통일된 어둠을 가질 것이다."

쾅!

거대한 바위가 대전 중앙에 떨어진 듯한 소리가 엎드려 있는 이들의 머릿속에 울렸다.

경악, 혼란.

머릿속이 채 정리도 되기 전에.

"초량, 마무리 짓고 찾아와."

야현은 그 말을 남기고 대전을 나갔다.

*　　*　　*

왕궁 후원에 자리한 폐쇄된 연무장.

장판석이 깔린 연무장 중앙에 야현이 서 있었다. 야현은 몸을 숙이며 단전에서 내력을 끌어올렸다. 오 갑자의 막대한 내력이 야현의 몸에서 폭풍처럼 쏟아져 나왔다.

기의 파동이 야현의 몸을 휘몰아치는 가운데.

"후욱! 후욱!"

야현의 숨결이 거칠어지기 시작했다.

"크르르르."

굳건하던 야현의 눈에 핏발이 섰고, 더불어 그가 짐승의 울음을 터트리며 몸을 낮게 숙였다.

"크하악!"

그러자 터져 나온 포악한 기합.

장엄하고 진중한 기운이 거센 폭우처럼 변하며 사방으로 날뛰기 시작했다.

콰아아아아아—

거센 폭우가 한순간 태풍으로 바뀌었다.

콰직!

무형의 기의 파장은 유형의 힘까지 드러냈고, 그 힘에 휩쓸린 나무들은 가지가 꺾이거나, 뿌리가 깊지 못한 소목들은 아예 뿌리째 뽑혀 나갔다.

"크아아아악!"

붉게 변하고 터질 듯 부푼 혈관들.

야현은 기합인지 고통으로 가득 찬 비명인지 구분하기 힘든 울부짖음을 내뱉었다.

"크크크."

그 와중에도 야현은 기괴한 웃음을 간간이 내뱉었다.

십단 중 고작 이(二)단이었다.

"크하아아앗!"

야현은 웅크렸던, 어쩌면 웅크려졌던 몸을 활짝 일으켜 세우며 일갈을 터트렸다.

우드득!

몸 대부분의 부푼 근육이 땅겨지다가 결국 찢어졌다. 팽창했던 혈관도 더불어 터지며 죽은 검은 피가 주르르 흘러내렸다.

"크으으으!"

충격을 이겨내지 못한 야현은 휘청이며 상처 입은 맹수처럼 낮게 울부짖었다. 붉게 물든 야현의 눈이 연무장 한 구석으로 향했다.

철컹! 철컹— 철컹!

"읍! 읍! 으으읍!"

연무장 구석에는 벌거벗은 한 여인이 재갈이 물린 채 쇠사슬에 묶여 있었다. 노예 신분인 듯 그녀의 이마에는 흉한 인두 자국이 새겨져 있었다.

야현은 삐거덕거리는 발걸음으로 여인에게로 걸어갔다.

여인은 살기 위해 발버둥을 쳤지만 단단한 쇠사슬에서 벗어날 수 없었다. 오히려 연약한 살갗이 쇠에 쓸리고 까지면서 흘러내린 피가 야현을 더욱 자극할 따름이었다.

콱!

야현은 몸부림치는 여인의 목을 물어 가차 없이 피를 빨았다.

급격히 피가 빨려 나가자 그 고통이 상당했던지 여인은 더욱 강하게 몸부림을 쳤고, 잠시 후 눈의 뒤집어지며 축 늘어졌다.

"크르르르."

야현은 짐승의 울음을 토하며 여인의 피를 모두 마셨다.

찢어진 근육과 터진 혈관이 순식간에 아물어 갔다.

더불어 거친 태풍 같은 기의 파장이 사그라지고, 핏발이 선 야현의 눈동자도 평온하게 바뀌었다.

"후우—."

야현은 내력을 갈무리하며 거칠어졌던 숨을 가다듬었다.

꾹!

야현은 주먹을 말아 쥐었다.

강렬한 힘이 몸 속에서 느껴졌다.

십단공!

인간이라면 깨달음을 통해 기반을 쌓고 몸을 준비한 뒤 성취를 이뤄야 한다. 그렇지 않으면 내력의 폭주로 주화입마가 오거나, 심각한 경우 몸이 버텨내지 못하고 부서진다.

그러나 야현은 다르다.

인간은 내력의 폭주로 몸이 무너지기 시작하면 끝이지만 야현은 뱀파이어다. 피로 무너진 몸을 재생할 수 있다.

그런 뱀파이어의 특성을 살려 야현은 인간의 피로 강제로 내력에 적응하며 십단공 중 이단을 완성한 것이었다.

오 갑자의 내력을 만들었을 때처럼.

그때와 다른 점이 있다면 이단을 오르기 위해 헤아릴 수 없이 많은 피가 요구되었다는 것이다.

"흠."

야현은 기쁨을 표현하지 않았다.

전진교의 개파조사이자 십단공의 창시자인 왕중양도 고작 삼단까지만 성취를 이뤘을 뿐이라 적혀 있었다. 즉, 삼단 이상은 미지의 영역인 셈.

문제는 그것이 아니었다.

이단까지는 강제로 올라섰지만 문제는 그 이후다.

익힐 수 있느냐 없느냐를 떠나 더는 몸이 버텨내지 못한다는 것을 느낀 것이다. 아무리 피로 몸을 재생한다고 해도 무너지는 속도가 재생보다 빠르고 강하다면 결국 소멸될 터.

현재는 한계에 아슬아슬하게 도달한 상태였다.

'깨달음.'

야현은 입술을 깨물었다.

무공에 대한 깨달음이 또 그의 발목을 잡았다.

'깨달음을 통해 육체를 재구성해야 하는 것인가?'

환골탈태.

문제는 인간의 육신이 아닌 죽은 육신으로 환골탈태를 할 수 있느냐다.

'동전의 양면이군.'

이 육체가 조금 전까지는 축복이었지만 언제 그랬냐는 듯 저주로 바뀐 것이다.

'그래서 인생이 재미있는 것이지.'

야현은 고소를 지으면서도 눈빛을 번뜩였다.

혈황무서.

아직 야현에게는 그것이 남아 있었다.

"찝찝하군."

온몸에 묻은 피에 눈살을 슬쩍 찌푸리며 야현은 연무장

구석에 내려진 줄을 당겼다.

딸랑.

자그만 방울 소리가 연무장 밖에서 들려왔다.

야현은 연무장을 나서 바로 옆, 대리석으로 만든 노천 욕조로 향했다.

찌익—

찢어지고 피에 절은 옷을 벗어 버리고 대리석 위로 올라갔다.

자박, 자박, 자박!

새하얀 대리석 위에 마치 도장처럼 피에 젖은 발자국이 새겨졌다. 십여 명의 궁중 하인들이 커다란 통에 뜨거운 물을 가져와 욕조를 채우기 시작했다.

동시에 두 명의 어린 시녀가 다가와 전라의 야현 앞으로 다가왔다. 그런 그녀 옆으로 김이 모락모락 나는 물이 담긴 나무통 몇 개가 동시에 놓였다.

촤아악!

두 시녀는 나무통을 들어 조심스럽게 야현의 몸에 따뜻한 물을 끼얹으며 핏물을 씻어냈다.

핏물을 모두 씻은 야현은 그사이 온수로 채워진 욕조로 다가가 몸을 담갔다.

따뜻함이 몸을 가득 감쌌다.

"흠."

야현은 나른한 표정으로 눈을 감았다.

피를 흡수했기에 육체적 피로감은 없었지만, 얼마나 시간이 흘렀고 또 얼마나 많은 피를 흡혈했는지 모를 만큼 반쯤은 미쳐 있었다.

그렇기에 정신적 피로는 상당한 터라 반신욕이 주는 나른함은 그런 피로를 달래 주고 있었다.

저벅, 저벅.

발걸음 소리에 야현은 고개를 돌렸다.

초량이었다.

"얼마나 흘렀지?"

"팔 일이옵니다."

"팔 일이라."

생각보다 긴 시간이 흘렀다.

"논공행상과 작위는?"

"대략 큰 틀은 잡았습니다."

그 말은 아직까지 마무리 짓지 못했다는 뜻.

"문제가 있나?"

"큰 문제라기보다 자잘한 부분이 남아 있습니다."

"훗."

초량의 보고에 야현은 피식 웃음을 터트리며 그를 쳐다

보았다.

"본인이 그대의 손으로 제국의 기틀을 마련하라 했다. 앞으로 자잘한 부분은 그대가 알아서 처리하도록 해."

초량은 대답 없이 허리를 깊게 숙였다.

"그렇다면 내일 대전 회의를 열겠나이다."

오늘 밤 안으로 마무리 지어 내일 발표하겠다는 말.

야현은 손을 저어 축객령을 내리며 물속으로 얼굴을 담갔다.

"푸우―"

잠시 후 물에서 나온 야현은 밤하늘을 올려다보았다.

밝은 달이 하늘 꼭대기에 달려 있었다.

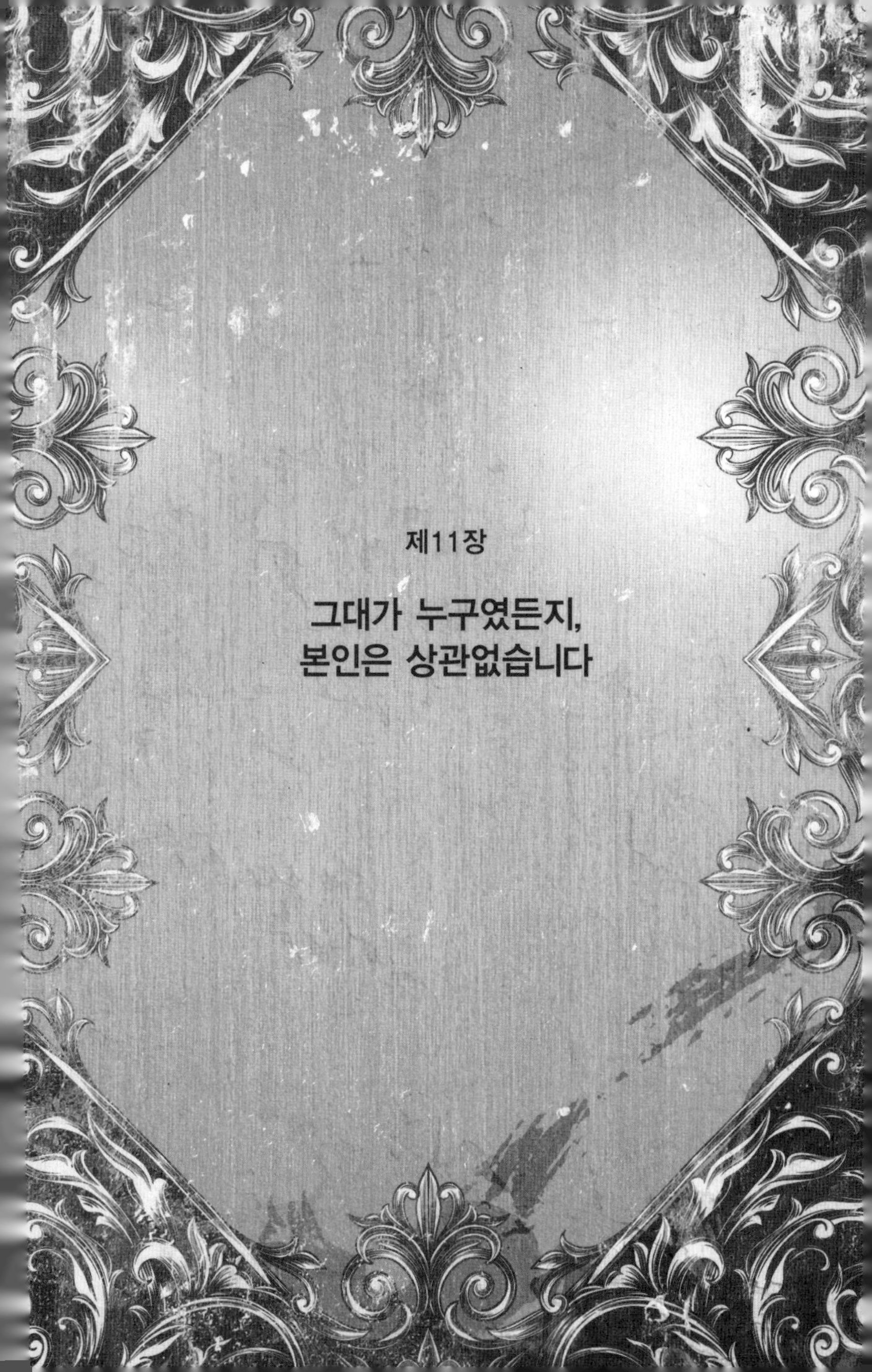

제11장

그대가 누구였든지,
본인은 상관없습니다

살아 있는 몸이든, 죽은 몸이든 인간의 몸으로 담을 수 있는 내력의 한계는 어느 정도일까?

그런 야현의 고민을 초량이 풀었다.

애초에 한계를 정하지 말라.

인간의 몸은 신비해서 한계라 여겨 왔던 불가능을 항상 뛰어넘어 왔기 때문이었다.

초대 천마.

천 년의 내공을 가졌다고 구전되어 온다.

그를 상징하는 전설 중 하나라고 한다.

"천 년의 내공. 하지만 과연 그것이 그저 부풀려
진 전설이라고 장담하실 수 있나이까?"

초량의 말이 떠올랐다.

"흠."

야현은 나직하게 침음했다.

오 갑자의 내력을 가졌음에도 불구하고 이대 천마에게 보기 좋게 당했다.

'천마, 그리고 흑림.'

야현은 이 둘을 꺾어야 진정한 천하를 얻을 수 있다고 느꼈다.

스윽.

야현이 혈황무서 겉표지를 손으로 쓰다듬었다.

혈황은 소림의 혜능과 더불어 항상 천마와 비견되어온 인물이다.

한번 가볍게 훑어본 무공이었음에도 불구하고 무의식에 표출했던 혈황의 무공. 어쩌면 전진의 무공보다 자신에게 더 잘 어울리는 무공일지 모른다.

야현은 첫장을 넘겼다.

그리고 처음으로 서두를 읽어내려 갔다.

별다른 내용은 없었다.

이 무서를 익히기 위해서는 자신과 같은 사혈지체(死血之體)로 태어나야 한다고 적혀 있었다.

'음?'

야현의 신경을 묘하게 건드는 것은 바로 사혈지체로 태어나야 한다는 구절이었다.

'음.'

다시 별다른 말없이 두 장이 넘어갔다.

"……?"

야현의 눈동자가 살짝 커졌다.

혈황무서, 그 책에 전혀 어울리지 않는 이질적인 문자가 적혀 있었던 것이다. 펜이 아닌 붓으로 쓰여 있었지만, 분명 서방의 문자였다.

이 글을 읽는 인연자여.

불가능한 염원이나, 그대가 부디 중원의 피를 이은 나와 같은 뱀파이어 일족이기를 기원한다.

피의 가호가 있기를…….

"……!"

야현의 두 눈이 부릅떠졌다.

짧은 세 줄.

그러나 그 세 줄은 잠시 동안 아무 생각이 들지 않을 정도로 야현에게 큰 충격을 주었다.

'흡혈.'

혈황하면 떠오르는 대표적인 사공이 바로 흡혈신공이었다.

단순한 흡혈이 아니었던 것이다.

딸랑, 딸랑!

야현은 줄을 당겨 궁중 시녀를 불렀다.

"테오도어 백작에게 혈족 가계도를 가져오라 하라."

야현의 명에 약 한 식경 후 테오도어 백작이 두꺼운 책을 가져왔다.

턱!

가계도를 펼치자 가장 첫장에는 블러드 문의 초상화가 그려져 있었다. 그 초상화에 테오도어 백작이 움찔거렸다.

야현은 손짓으로 그를 내보내고 빠르게 책장을 넘겼다.

처음 몇 장은 야현의 기억에도 없는 인물들에 관한 내용이 적혀 있었다. 짧은 연력과 함께 초상화가 그려져 있었는데, 그중 대부분은 뱀파이어 왕국이 건국되기 전의 초장기 인물들이라 이미 죽음을 맞이한 상태였다.

그렇게 몇 장이 더 넘어갔다.

"음?"

초상화 부분이 비어 있는 한 인물이 있었다.

그 이름은 알리엔.

검은 머리, 검은 눈동자를 가졌다고 적혀 있을 뿐, 다른 이들과 달리 그는 태어난 날과 죽은 날이 물음표로 시작해 물음표로 끝나 있었다.

나의 형제, 알리엔.
살아 있는가?

블러드 문의 자필과 함께,

동방 그 어디에도 일족의 흔적은 찾을 수 없었다.

라는 문구가 덧붙여져 있었다.

단순히 형제의 안부를 묻는 것 같지만, 왠지 그렇게 느껴지지 않는다.

야현은 두꺼운 책장을 주르르 넘겼다.

그리고 펼친 곳에는 야현의 초상화가 그려져 있었다.

"크크."

초상화 아래 블러드 문의 자필이 눈에 들어왔다.

반드시 죽여야 한다.

라는 글귀가 그 시작이었다.

야누스도 알리엔처럼 피를 거스르는 힘이 있다.

그게 무엇일까?

어떻게 그들은 절대적인 힘을 거스를 수 있을까?

무섭다.

알리엔처럼.

술에 취해 적은 듯 필체가 삐뚤삐뚤했다.

역시 앞선 글에서 블러드 문이 적은 글은 형제를 걱정해서 적은 글이 아니었다. 죽었기를 바라며 쓴 글이었던 것이다.

왜 혈황이 불가능한 염원이라 했는지 이해가 되었다.

블러드 문이 자신을 두려워했던 것을 혈황은 알고 있었고, 그렇기에 그가 동방의 인물을 일족으로 받아들이지 않으리라 여겼던 것이다.

하긴 블러드 문은 자신을 받아들이지 않았다.

또 자신은 일족의 손에 태어나지 않았다.

괴물처럼 태어나 괴물로 컸다.

야현은 피식 웃음으로써 과거를 정리하며 가계도를 덮었다.

대략적인 과거를 알았기 때문일까, 혈황무서가 좀 더 다르게 다가왔다. 혹여나 그가 남긴 다른 말이 있을까 싶어 혈황무서를 빠르게 훑어 넘겼다.

아쉽게도 그 뒷부분은 오로지 그가 남긴 무공서였을 뿐 다른 것은 남아 있지 않았다.

후세에 남긴다고 했으니 그는 이미 죽었을 것이다.

뱀파이어는 영생의 존재다.

스스로 생을 마감한 것인가? 라는 생각이 잠시 들었지만 이내 털어 버렸다.

아무렴 어떤가?

혈황, 그의 이름이 뭐였든, 어떤 인생을 살았든 자신과는 상관없는 일이다.

중요한 것은 바로 혈황무서, 뱀파이어의 무공이었다.

* * *

가부좌를 튼 야현의 몸에서 푸른 정광이 흘러나왔다.

전진 특유의 맑고 중한 내력이었다.

그 푸른 정광에 검고 칙칙한 색이 끼어들기 시작했다. 뱀파이어 일족 특유 어둠의 기운이었다. 푸름과 어둠이 만나자 내력의 색이 탁한 회색으로 변해 갔다.

"후우—."

긴 날숨.

"흐읍."

긴 들숨.

가늘고 긴 숨결이 몇 번 들어오고 나가기를 반복하다 이내 멈추었다.

탁한 회색빛 기운 곳곳에서 붉은 꽃이 개화한 것처럼 투명하면서도 맑은 붉은 점들이 피어났다.

흡혈신공(吸血神功).

일공(一功), 흡혈(吸血).

이공(二功), 혼합(混合).

삼공(三功), 합일(合一).

일공은 내력을 쌓는 첫단계였다. 모르고 있었지만 야현은 이미 그 일공을 거친 것이나 마찬가지였다. 혈황무서를 남긴 혈황보다 더 강하고 강력한 내공을 이미 가지고 있었기 때문이다.

그렇기에 야현은 일공을 지나 이공에 들어설 수 있었다.

혼합.

미약했지만 이공 또한 한 번 경험했던 것.

야현은 어렵지 않게 내력과 어둠의 기운을 합하고, 뱀파이어 일족의 진정한 힘의 근원인 피를 합해가기 시작한 것이다.

회색과 핏빛 붉은색이 섞이자 탁한 붉은색이 만들어졌다.

"후우―."

야현은 탁한 붉은빛 내력을 거두며 눈을 떴다.

붉은 안광이 그의 눈에서 폭사되었다가 사라졌다.

'확실히.'

뱀파이어의 무공이었다.

흡혈신공은 내력을 안전하게, 차분히, 그러면서도 빠르게 쌓아올리는 것이 아니었다. 내력은 그 무엇으로 쌓든 상관없다. 심지어는 타인의 피에서 원천지기를 흡수하여 쌓아도 된다.

가장 중요한 요체는 바로 내력을 뱀파이어에 맞게 변형시키는 것이었다.

흡혈신공은 이제껏 야현이 가져온 고민을 단숨에 털어내주었다.

그 고민은.

어둠의 힘은 어둠의 힘대로, 내력은 내력대로 따로따로 움직이고 사용되어 왔다는 점이다.

다행이라면 두 힘이 서로 부딪치지 않았다는 것뿐.

마치 하나의 산 아래 살아가는 두 호랑이가 서로를 본체만체하는 양상이었다. 서로 싸워 봐야 양패구상, 죽음뿐이라는 것을 본능적으로 알고 피하는 것처럼.

두 기운도 똑같았다.

부딪치지도 않았고, 도움도 주지 않았던 것이다.

이공, 혼합을 넘어 흡혈신공의 대성인 합일만 이뤄낸다면 최소한 이대 천마, 천지악과 겨뤄볼 만하지 않을까 하는 생각이 들었다.

'기다려라, 천마!'

* * *

"후우—."

긴 날숨과 함께 야현은 눈을 떴다.

붉은 눈동자가 여느 때보다 깊게 변해 있었다.

두둑!

가부좌를 풀고 자리에서 일어나는데 뼈마디 곳곳에서 소리가 만들어졌다.

"음?"

하지만 그것만이 아니었다.

마치 곤충이 껍질을 벗듯 딱딱해지고 말라 버린 피부 껍질이 부서지며 바닥으로 우수수 떨어져 내렸다.

환골탈태(換骨奪胎).

옛 육신의 흔적.

흡혈신공의 혼합을 이뤄냈다.

완숙해졌다.

그리고 이렇게.

후우웅!

주먹이 잔잔하게 떨리더니 검붉은 기운이 돋아났다.

마침내 합일의 경지에 발을 내디딘 것이다.

그런데 웃음이 그려져야 할 눈매가 오히려 찡그려졌다.

옛 육신을 버린 것까지는 좋았는데, 문제는 잔재였다. 마치 하수구 오물을 뒤집어쓴 것처럼 몸에서 퀴퀴한 냄새가 풍겼다.

야현은 누런 진물로 얼룩진 옷을 벗어버리고는 연공실 밖으로 나갔다. 연공실을 나온 야현은 곧장 욕실로 향했고, 이내 시녀들이 욕조에 가득 채운 뜨거운 물에 몸을 담갔다.

"얼마나 시간이 흘렀지?"

야현은 뜨거운 물이 주는 나른함을 느끼며 물었다.

"너, 넉 달이 조금 너, 넘었사옵니다."

시녀는 몸을 움츠리며 대답했다.

"넉 달이라. 시간이 그리 흘렀나?"

체감상 흐른 시간은 길어야 사나흘인데.

"흠흠."

야현은 코끝을 찌르는 살 내음에 콧등에 잔주름이 그려졌다. 야현의 눈이 시녀에게로 향했다.

더욱 몸을 움츠리며 바르르 떠는 시녀는 인간이었다.

인간의 냄새가 야현의 코를 더욱 자극했다.

"넉 달이라."

야현은 다시금 중얼거리며 시녀의 몸을 아래로 훑었다.

이 시간이라면 허기가 질 법도 하건대 이상하게도 배가 고프지 않았다. 야현이 손을 저어 축객령을 내리자 여인은 허겁지겁 도망을 치듯 욕실을 나갔다.

야현은 욕조에 담긴 오른손을 물 밖으로 들어 올렸다. 그러고는 주먹을 말아 쥐었다.

이제껏 느껴보지 못한 묵직한 힘이 느껴졌다.

손아귀에 들어오는 것은 무엇이든 부숴 버릴 수 있는 느낌마저 들었다.

그 힘이 어둡고 끈끈하다.

마치 독이 고여 만들어진 늪처럼.

"크크크크크."

야현은 갑자기 웃음을 터트렸다.

이 순간 오로지 한 명.

천마의 얼굴만 떠오를 뿐이었다.

'그대가 본인에게 그랬던가? 기초가 부족하다고?'

야현의 입술 사이로 새하얀 송곳니가 드러났다. 단순히 웃은 것이 아니었다. 맹수가 울음을 터트리기 전에 이를 드러낸 것이다.

'본인이 무인이라면 그 말이 맞겠지. 허나 본인은 무인이 아니야.'

야현은 오른손을 활짝 폈다.

손가락 끝에서 날카로운 손톱이 길게 자라났다.

'맹수지. 너를 사냥해 먹어치울 그런 맹수.'

야현의 얼굴이 흉폭하게 바뀌었다.

"전하, 소신 초량이옵니다."

욕실 밖에서 초량의 목소리가 들려왔다. 그 소리에 야현의 얼굴이 다시 부드럽게 돌아왔다.

"대전에서 기다려. 곧 나가지."

"알겠사옵니다."

야현은 멀어지는 초량의 발걸음 소리를 들으며 욕조에서 나왔다.

물기를 닦지 않은 채 커다란 전신 거울 앞에 섰다.

"흠."

묘하게 달뜬 신음이 흘러나왔다.

거울에 비친 몸은 여전히 말랐다.

하지만 그 몸을 덮고 있는 근육은 달라져 있었다. 군살 하나 없는 잔 근육은, 그와 전혀 어울리지 않는 갑옷을 떠올리게 하였다.

"흐음."

달라진 것은 근육만이 아니었다.

미세하지만 체격도 달라져 있었다.

골격이 바뀐 것이다.

야현은 어깨, 팔, 다리를 미세하게 움직여 보았다.

다르다.

'인간의 탈을 벗은 것인가? 아니면 좀 더 인간에 가까워진 것인가?'

눈동자에 고심이 들어찼다.

아무렴 어떤가?

"좋군."

야현의 입가에 흡족한 미소가 지어졌다.

단순히 몸이 더 좋아져서 웃는 것이 아니었다.

보지 않아도 보인다.

등 뒤, 김이 모락모락 피어나는 욕조도, 그 옆 의자도, 그 옆 창문도.

덜컥!

누가 열지도 않았는데 창문이 활짝 열렸다.

시원한 바람이 욕실로 들어와 뿌연 수증기를 지우며 야현의 몸에 묻은 물기를 닦아냈다.

달깍!

침실로 통하는 문이 열렸고, 잠시 후 새하얀 의복이 욕실 안으로 날아왔다.

스으윽—

마치 누군가가 옷을 입혀 주는 것처럼 야현은 편하게 옷을 입었다.

"확장."

권능의 힘이 더욱 강해졌다.

"그대는 알고 있었나?"

야현은 혈황을 떠올리며 물었다.

* * *

야누스 왕궁 대전, 대회장.

수십 명의 귀족이 모여 제법 큰 소음을 만들어 내고 있었다.

그런 대회장 중앙에 놓여 있는 긴 탁자에 소수의 인원이 자리하고 있었다.

바로 초량을 비롯해 새롭게 재편된 뱀파이어 왕국의 실세들인 크리먼 후작, 힉스 후작, 파묵 나이트 문 기사단장, 핀터 부단장, 그리고 카플러스 나이트 문 병대장이었다.

그들은 다른 이들과 달리 말이 없었다.

저마다 자세는 다르지만 입을 꾹 닫은 채 침묵을 유지하고 있었다.

넉 달.

영생을 살아가는 이들에게 그 시간은 어쩌면 찰나에 가까운 시간일지 모른다. 그런데 현재까지의 넉 달은 다르다.

길고도 길었던 시간이었다.

시선을 돌린 힉스 후작이 대전 구석에 삼삼오오 모여 웅성거리는 귀족들을 쳐다보았다.

이질적인 분위기가 묻어나왔다.

야현을 향한 절대적 공포가 묘하게 뒤틀린 것이다.

뱀파이어 세계의 절대적 사슬이 끊어지는 것을 이들은 보았다. 그것에 그들은 흥분했고, 그 흥분이 극에 달한 시점에 야현이 모습을 감췄다.

"좋지 않아."

힉스 후작은 미간을 찡그리며 탁자에 앉아 있는 이들을 보았다.

'음?'

힉스 후작의 눈썹이 꿈틀거렸다.

묘한 것은 뒤에 서 있는 귀족들만이 아니었다.

탁자에 앉아 있는 이들도 묘한 분위기를 표출하고 있었다.

초량은 담담한 눈으로 두툼한 책을 읽고 있었고, 크리먼 후작은 팔짱을 낀 채 조용히 눈을 감고 있을 뿐이었다. 다른 이들 역시 자세의 차이는 있었지만, 자신처럼 불안한 표정은 없었다.

'왜?'

그런 의문이 가슴 깊게 파고들었다.

초량이라는 자는 인간이다.

'그러고 보니 그 외의 인물들은 모두 전하의 피를 이었군.'

피는 피로 이어진다.

'저들은 무엇을 느끼고 있을까?'

잇고 싶다.

야현의 피를 이어받고 싶다는 강렬한 욕망이 스멀스멀 피어났다.

쿵!

힉스 후작은 갑자기 몸을 짓누르는 이질적인 감각에 눈

을 부릅떴다.

…….

귀를 아프게 긁어대던 소음도 사라졌다.

"음?"

그때 초량의 목소리가 적막을 깨트렸다.

초량은 책을 덮으며 자리에서 일어났다. 그를 따라 탁자에 앉아 있던 이들도 일어섰다.

힉스 후작은 그들을 따라 자리에서 일어나려 했다.

그러나 일어나지 못했다.

그의 다리는 그의 통제에서 벗어나 부들부들 떨고 있었기 때문이었다.

쿵 쿵 쿵 쿵쿵쿵!

그때 약속이라도 한 것처럼 바닥을 찧는 소리가 연이어 만들어졌다. 뱀파이어 귀족들, 전원이 무릎을 꿇은 것이다.

힉스 후작은 느꼈다.

그들이 무릎을 꿇고 싶어서 꿇은 것이 아니라는 것을.

강제로 꿇려진 것이다.

자신처럼.

아니 자신도, 저들처럼 꿇려졌다.

블러드 문에게서도 느껴보지 못한, 아니 살면서 단 한 번도 느껴 보지 못한 거대한 힘이 다가오고 있었다.

저벅 저벅 저벅!

*　　*　　*

털썩!

의자에 앉는 소리가 들렸다.

이 상황에서 편하게 앉을 이는 단 한 사람, 야현뿐이었다.

왕이 대전에 들어왔다.

응당 들려야 하는 입장을 알리는 소리마저 없었다. 그저 문이 열리는 소리와 발걸음 소리, 그리고 의자에 앉는 소리만 대전에 존재했을 뿐이었다.

……꿀꺽!

긴장감이 극에 달했는지 마른침마저 쉽게 넘기지 못했다.

야현이 왕좌에 앉았음에도 힉스 후작은 고개를 들지 못했다. 혹여나 잡음이 일까 움직이지도 않았다. 누가 그리하라 한 것은 아니다.

단지.

단지 그리해야만 할 것 같은 분위기였다.

아니, 분위기가 아니라 야현이 만들어 내는 공기가 그리명하고 있다고 하는 것이 더 옳을지 모른다.

"고개를 들라."

언제나 이어질 것만 같은 적막이 야현으로 하여금 깨지고.

"휴우—."

"하아."

고개를 들며 여기저기서 참았던 숨이 흘러나왔다.

힉스 후작은 어쩌면 자신도 저런 한숨을 내쉬지 않을까 생각하며 야현을 올려다보았다.

"……!"

야현을 향한 동공이 그의 의지를 벗어나 확장되었다.

다닥, 타다다닥!

턱이 제멋대로 떨며 이가 부딪치기 시작했다.

자세는 평소 야현이 앉던 그 자세다.

다리를 꼬고, 삐딱하게 등받이에 몸을 기대고 턱에 팔을 괸 모습, 그러면서 무표정한 듯 심드렁한 표정.

외관만 보면 달라진 것은 없다.

그런데 달라졌다.

풍기는 분위기가 달라졌다.

몸이 떨릴 만큼 무서운 기운을 풍기느냐고 묻는다면 '아니다.' 다.

무색(無色).

말 그대로 어떤 기운도 느낄 수 없었다.

아무것도 느낄 수 없기에 질식할 것만 같이 숨결을 죄여왔다. 이렇게 숨을 쉬지 못해 숨결이 끊어지는 것이 아닌가 싶을 정도다.

"흣."

야현이 가벼운 웃음을 터트렸다.

쏴아아아아—

뱀파이어 특유의 기운이 야현의 몸에서 흘러나와 대전을 채웠다.

"하아—."

힉스 후작은 그제야 막힌 숨을 나직하게 토해냈다.

"이래서는 회의가 안 되겠군. 작위에 따라 착석하거나 시립하도록 하라."

야현의 명에 헤크 후작과 힉스 후작이 상석에 앉고 그 옆으로 크리먼 후작을 시작으로 로한 백작, 파슈트 백작, 나이트 문 파묵 기사단장, 핀터 부기사단장, 카플러스 병대장이 회의석에 착석했다. 그 외에 백작들은 회의석 뒤에 놓인 의자에 앉았고, 그 외의 귀족들은 대충 열을 맞춰 자리에 섰다.

대충 분위기가 잡히자 야현은 초량을 불렀다.

"논공행상에 따른 작위는 어떻게 처리했지?"

"헤크 후작과 힉스 후작을 공작으로 승작, 로한 백작과 파슈트 백작은 후작으로 승작, 나이트 문 파묵 기사단장 및 핀터 부단장, 나이트 문 병대장 카플러스를 백작으로 내정하였사옵니다."

초량이 호명한 이들은 모두 회의석에 자리하고 있었다.

"그리고?"

"나머지는 일단 유보하였사옵니다."

"이유는?"

"논공행상을 논의하기에는 전하의 전쟁이 아직 끝나지 않았기 때문이옵니다."

야현은 고개를 끄덕이며 서로 맞은편에 앉아 있는 힉스 공작과 헤크 공작을 쳐다보았다. 과정이야 어찌 되었든 둘은 이 내전에서 승자였다.

야현의 시선이 파묵 기사단장, 핀터 부기사단장, 카플러스 병대장에게로 이어졌다.

물론 이들이 있기에 진정한 승자는 자신이었다.

흡족한 미소를 지으며 야현은 본론으로 들어갔다.

"블러드 문."

그 이름에 모두가 흠칫 몸을 떨었다.

"폐하라 불렀지."

목소리에 비웃음이 가득 담겼다.

"재미있어. 일개 왕국의 왕이 폐하라. 안 그런가?"

"그러하옵니다, 전하!"

헤크 공작이 빠르게 대답했다.

"그런데 본인도 듣고 싶단 말이지. 단지 말뿐인 폐하가 아닌 제국의 황제로서."

야현은 다리를 풀고 무릎에 팔을 얹으며 몸을 대전 쪽으로 가져갔다.

"본인은 가지고 싶다. 어둠의 땅들을."

"신이 바치겠나이다!"

힉스 공작이 자리에서 일어나 한쪽 무릎을 꿇으며 낭랑한 목소리로 외쳤다.

"제국 건설에 신명을 바치겠나이다!"

헤크 공작이 이어 한쪽 무릎을 꿇으며 소리쳤다.

야현의 시선이 회의석 뒤로 이어졌다.

그 시선이 닿은 백작들과 하위 귀족들 역시 무릎을 꿇으며 소리쳤다.

"영세의 제국을 위해……."

"고귀한 명예를 위해……."

"신명을 바치겠나이다!"

"신명을 바치겠나이다!"

저마다 미사여구를 들여 복명했다.

"훗!"

야현은 그런 그들의 복명을 비웃어 주었다.

"듣기 나쁘지는 않군."

야현이 자리에서 일어났다.

"그래도 입에 발린 소리는 사절이다."

그리고 무릎을 꿇고 있는 귀족들을 보며 말했다.

"싸워라! 이겨라! 본인이 아닌 그대들을 위해. 그러면 영광이 주어질 것이다."

"우와아아아아!"

"와아아아아!"

"야누스 전하 만세!"

"야누스 전하 만세!"

"뱀파이어 제국 만세!"

"만세!"

탐욕 가득한 함성이 터졌다.

쿠오오오오!

그때 내력과 합일된 어둠의 기운이 사방으로 휘몰아쳤다.

그러자 마치 활활 타오르는 불길에 찬물을 쏟아부은 것처럼 탐욕과 환호로 가득하던 대전의 분위기가 급격히 식어 버렸다.

"초량."

"예, 주군."

언제 그랬냐는 듯 급격히 조용해진 대전에 초량의 목소리가 퍼져 나갔다.

"어디부터 시작하면 좋을까?"

"지리적으로 봤을 때 다크 엘프 왕국이 좋을 듯하옵니다."

"다크 엘프라……."

"준비 기간은?"

"삼 일이면 충분하옵니다."

"전장의 선두는 본인이 선다."

"……!"

초량이 놀란 눈으로 야현을 쳐다보았다.

"크크크크크."

야현은 새하얀 송곳니를 드러내며 차가운 웃음을 터트리고 있었다.

'전장에서 힘을 키운다. 그 힘으로 널 죽이겠다!'

그런 야현의 주위로 검붉은 기운이 넘실거렸다.

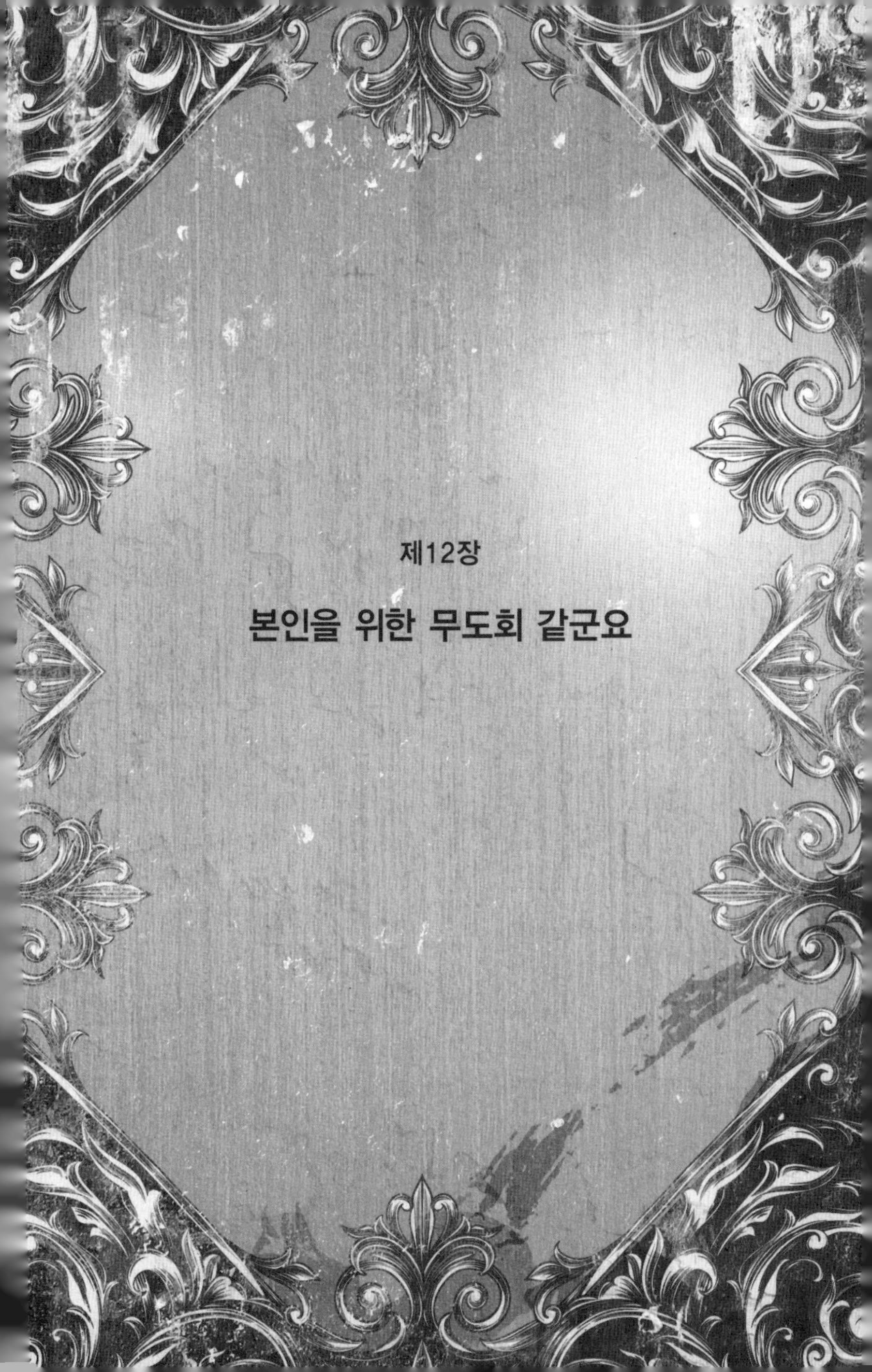

제12장

본인을 위한 무도회 같군요

다크 엘프 왕국.

엘프족이라 하면 인간 세계에 가장 잘 알려진 이종족이자 미의 종족이라 불린다. 그러나 인간들 사이에서 회자되는 엘프족은 순백의 종족, 빛의 현신이라 부르는 세계수를 중심으로 살아가는 종족이다.

이 종족에도 동전의 양면처럼 또 다른 이면이 있으니 바로 다크 엘프들이다. 이들은 세계수가 아닌 어둠의 현신이라 부르는 마계수를 중심으로 살아간다.

어둠의 기운을 타고 태어난 어둠의 일족이라 성격이 포악하고 잔인하다. 또한 채식을 하며 살아가는 엘프와 달리 다크 엘프들은 오로지 육식만을 하며 살아간다.

서방 대륙 동북쪽. 광활한 숲이 있었다.

산 정상이 하늘에 닿아 있을 것만 같은 거대한 산맥에 둘러싸인 이 숲은 산짐승보다 몬스터가 더 많다는 말이 있을 정도로 인간의 발길을 거부하는 곳이었다.

그리고 그 숲에 다크 엘프 왕국이 있었다. 그곳에 물경 이만에 가까운 뱀파이어들이 모습을 드러냈다.

내전과 달라진 점이 있다면 모습을 드러낸 이들은 통일된 갑옷을 착용한 모습이었고, 아울러 내전과 달리 난잡한 질서가 아닌 군대로서의 질서가 칼같이 잡혀 있었다.

가장 선두에 팬텀 홀스에 탄 야현이 있었고, 양옆으로 헤크 공작과 힉스 공작이 자리하고 있었다. 그 뒤로 초량과 베라칸이 있었다.

"다크 엘프 왕국이라."

외부에서야 왕국이라 칭하지만 엄밀히 말하자면 그들은 일종의 부족 연합체였다.

태생적으로 마계수의 그늘을 벗어나서는 번영을 이룰 수 없는 종족이기에 어쩌면 당연한 일일지 모른다. 어찌 되었든 그러한 종족이기에 다크 엘프 왕국에는 왕이 없었다. 대신 그 중 규모가 큰 세 부족의 부족장이 그 지위를 대신하고 있었다.

"스펜다미, 다프니, 시미다 대부족만 꺾는다면 기타 중소 부족은 자연스레 흡수될 것이옵니다."

"대부족의 수는?"

"대략 일만 오천이 안 되는 것으로 파악하고 있사옵니다. 그중 전장에 나설 수 있는 이의 수는 일만 안팎일 듯하옵니다."

초량이 간략하게 보고했다.

"그중 본국이 가장 먼저 상대할 부족은 다프니 부족이옵니다."

야현은 숲 깊숙한 곳을 바라보며 물었다.

"거리는?"

"이곳에서 하루 거리이옵니다."

"하루 거리라."

야현은 낮게 중얼거리며 숲 경계 가장자리를 향해 손을 뻗었다.

"꺽!"

미세하고 짧은 신음과 함께 나뭇가지가 흔들리며 검은 인형이 튀어 나왔다. 마치 목줄에 매달린 듯 목을 움켜쥔 채 발버둥을 치며 허공에서 야현 앞으로 끌려왔다.

"저들은 그리 생각하지 않는 듯 보이는군."

야현은 팬텀 홀스를 어둠으로 돌려보내며 땅으로 내려섰

다. 그리고 염력에 끌려온 다크 엘프족 전사를 발로 지그시 밟았다.

"끄윽."

가슴이 짓눌리는 고통에 다크 엘프 전사는 신음을 토해냈다.

"하긴 이 규모에 저들 몰래 다가가는 것도 말이 안 되기는 하지."

야현은 고개를 내려 윤기가 흐르는 검은 피부에 날카로운 눈매를 한 다크 엘프 전사를 쳐다보았다.

"훗."

야현은 짧은 웃음과 함께 다시 숲 쪽으로 고개를 들어 올렸다.

"전해. 뱀파이어 왕국의 새로운 왕, 야누스가."

말이 잠시 멈췄다.

야누스란 이름이 그닥 마음에 들지 않는 까닭이었다. 뱀파이어 왕국의 왕이 된 마당에 서방에서 부르기도 힘든 야현을 고집할 수도 없고, 그렇다고 다른 이름으로 대체하자니 마땅찮기에 이미 널리 알려진 그 이름을 사용하고 있었다.

"그대들을 원한다고."

야현은 다크 엘프 전사의 가슴을 누르고 있는 발을 치웠다.

"크윽!"

다크 엘프 전사는 가슴을 움켜잡으며 자리에서 일어나 매섭게 노려보고는 한 마리 표범처럼 빠르게 숲으로 사라졌다.

"전하."

헤크 공작이 걱정 어린 목소리로 야현을 불렀다.

"어차피 알려질 일. 한 번쯤 항복을 종용해 보는 것도 괜찮지 않겠나?"

야현은 담담한 미소를 지으며 앞으로 몇 걸음 내디뎠다. 동시에 땅속에서 팬텀 홀스가 튀어나와 자연스레 야현을 태웠다.

"가지."

야현은 말고삐를 튕겨 숲으로 향했고, 뒤를 이어 이만의 군사가 천천히 숲으로 진입했다.

숲은 거목들이 매우 우거져 달빛 한 점 찾아보기 어려울 정도였다. 숲 특유의 음습한 습기가 느껴졌다.

"좋군."

야현은 고개를 들어 우거진 나무를 올려다보았다.

뱀파이어는 태양 아래 서 있을 수 없는 어둠의 일족이다. 그나마 진혈족은 태양 아래에서도 사멸되지 않는다고는 하지만 가진 힘을 모두 잃는다.

그러나 빛 한 점 들어오지 않는 숲 속이라면 말이 달라진다.

태생적으로 낮이 되면 힘이 어느 정도 약해지는 것은 어쩔 수 없겠지만, 최소한 힘 한 번 써 보지도 못하고 무기력하게 지는 일은 없을 것이다.

아마도 다크 엘프 족도 그 사실을 알고 어떻게든 태양이 뜬 낮에 전쟁을 유도할 것이 분명했다.

"초량."

"예, 주군."

"마법 병단은?"

뱀파이어들은 최대의 약점을 보안하기 위해 흑마법사들의 힘을 빌렸다.

그들이 만들어내는 인위적인 어둠은 어느 정도 약점을 지우기에 충분했던 것이다. 그 때문에 전통적으로 뱀파이어 왕국은 흑탑을 꾸준히 지원해 주었고, 그들의 능력을 높이 치하해 왔다.

"부대 곳곳에 자리하고 있사옵니다."

"혹여나 피해가 입지 않도록 각별히 신경을 써 줘."

"흑마법사 일 인당 기사 셋을 붙여 두었습니다."

대략 한 시간 후 야현은 말을 멈춰 세웠다.

"흠."

미간을 슬쩍 찌푸리며 고개를 들어 위를 쳐다보았다.

우거진 거목들이 여전히 하늘을 가리고 있었지만 완벽하게 하늘을 가릴 수는 없었던지 희미한 빛 몇 점이 나뭇잎을 뚫고 들어왔다.

달이 지고 해가 뜬 것이다.

"이쯤에서 숙영을 하도록 하지."

야현의 명에 뱀파이어 군대는 빠르게 자리를 잡았다.

그리고 늪으로 가라앉는 시신처럼 땅속으로 스며들어 잠을 청했다.

이만에 가까운 군대가 땅속으로 사라지고, 나이트 문 소속 천여 명의 인간 병사들이 삼삼오오 짝을 지어 경계 근무에 들어갔다.

"그대도 쉬도록 해."

"예, 전하."

초량도 밤새 말을 타고 온 터라 피곤한 듯 이미 지어진 군막 안으로 들어갔다.

야현은 습한 땅을 발로 툭툭 찧었다. 야현은 태양 아래에서도 별다른 영향을 받지 않고 또 잠을 자지 않아도 별다른 피곤을 느끼지 못하지만, 낮이 주는 끈적한 느낌까지 좋아하는 것은 아니었다.

'태양 아래보다야.'

야현은 실소를 머금으며 땅속으로 스며들고는 눈을 감으

며 휴식을 취했다.

"음?"

얼마의 시간이 흘렀을까.

야현은 희미한 땅의 울림에 눈을 떴다. 그리고 그 울림에 귀를 기울였다.

"훗."

잔인한 웃음이 튀어나왔다. 최소 수천이 만들어낸 소리.

다크 엘프 족이 다가오고 있었던 것이다. 기습이었다.

소리를 한껏 줄인 은밀한 움직임.

그렇게 소리를 줄일 수는 있으나 미세한 울림마저 지울 수는 없는 법. 그렇기에 뱀파이어들은 전장에서 좋든 싫든 땅속에서 맨몸으로 휴식을 취하는 것이었다.

야현이 의식적으로 땅 위를 떠올리자 흙이 갈라지고 자연스레 밖으로 나왔다.

"베라칸."

야현은 나무 둥치 아래 가부좌를 틀고 팔짱을 낀 채 조용히 눈을 감고 있는 베라칸을 깨웠다. 동시에 힉스 공작과 헤크 공작이 스며든 땅을 발로 툭툭 쳤다.

스르르륵—

그 울림에 두 공작도 땅에서 모습을 드러냈다.

"준비해."

"……?"

"적이 오고 있어."

야현이 숲 어느 지점을 바라보며 담담히 말했다.

그 목소리가 너무나도 평온해 두 공작은 바로 그 말을 알아듣지 못했을 정도였다. 그러나 지금은 전시, 빠르게 정신을 차린 공작은 어둠의 기운을 담아 강하게 땅을 밟았다.

쿵! 쿵!

그 기운이 땅으로 퍼져나가자.

스으윽— 스스스스슷!

땅속에서 휴식을 취하던 뱀파이어 병사들이 일제히 땅속에서 몸을 일으켰다.

그 사이 베라칸은 초량을 깨웠고, 잠에서 깬 초량은 빠르게 휴식을 취하고 있던 흑마법사들을 각자의 장소에 배치시켰다.

엘프 족은 숲을 사랑한다.

나무와 풀들을 스스로의 육체와 동일시하며 그 어떤 훼손도 하지 않는다, 라고 한다. 그리고 실제로 엘프 족들은 어지간한 일로 자연을 훼손하지 않는다. 하지만.

쐐애애애액!

불을 담은 화살이 날아와 나무 기둥에 박혔다.

화살이 마법 화살이었는지,

펑!

나무 기둥이 폭발하며 쓰러졌고, 꺾인 나무와 가지에 거센 불이 치솟아올랐다.

자연 훼손을 하지 않는 엘프 족은 어디까지나 익히 알려진 엘프 족, 화이트 엘프 족이지 다크 엘프 족은 아니었다. 그들 역시 보금자리인 숲을 중히 여기지만 어디까지나 보금자리의 역할로서 중요하게 생각할 뿐이었다.

그들은 필요하다면 가차 없이 나무를 베고 꺾을 수 있는 종족이었다.

그리고 지금의 이 전쟁.

그들은 가차 없이 나무를 베고 부숴 숲 안에 태양 빛이 들어오게 만들고 있었다.

이유는 단 하나.

뱀파이어들에게 가장 큰 약점은 태양이 만들어낸 빛이었으니까.

"정말 재미있는 종족이야."

야현은 권능, 투시로 새카맣게 다가오는 다크 엘프 전사들을 바라보며 뒷짐을 진 채 느긋하게 감상을 하고 있었다. 그러나 야현의 손가락 끝에는 날카로운 손톱이 자라나 있었다.

"결계를 펼쳐라!"

초량이 부러지는 나무를 보며 빠르게 명을 내렸다.

그 명령은 입과 입을 통해 빠르게 전달되었고, 어느새 흑마법사들은 각자 자리를 잡은 채 어둠을 불러오는 마법 수식을 입 안으로 돌려 웅얼거리기 시작했다.

쿵!

초량 지척에 있던 마법병단장의 지팡이가 바닥을 찍었다.

그 울림의 파장이 사방으로 퍼져 나갔다. 그 파장 속에 묻힌 흑마법사들이 또 다른 파장을 만들어 냈다.

파장은 또 다른 파장을 만들기를 반복하며,

우지끈!

수십 그루의 나무가 불타고 꺾이며 숲 안은 태양 빛으로 가득 차올랐다.

그에 맞춰.

쏴아아아아악!

검은 바람이 휘몰아쳤고, 그 바람은 태양을 밀어내며 다시 숲 안을 검게 물들였다.

“크아아!”

태양 빛에 쐬여 몸 일부가 불타던 뱀파이어들은 재빨리 어둠 속으로 몸을 숨겼다.

어둠은 서서히 커져 숲을 집어삼키기 시작했다.

그러나 인간이 아무리 마법을 펼쳐 자연을 거스를 수 있다고 하여도 한계가 있는 법.

어둠이 어느 순간 확장을 멈추었다.

그러는 와중에도 다크 엘프 전사들은 숲을 부수고 또 부쉈다.

머리 위 태양을 가려주던 나무가 사라져 감에 따라 뱀파이어 병사들은 쉽사리 어둠의 결계 밖으로 나가지 못했다. 진혈족이 아닌 이상, 자칫 태양 아래 노출되었다간 곧바로 소멸될 수 있기 때문이었다.

그렇게 숲이 파괴되고 흡사 숲 중앙에 빛의 원형 띠가 내려앉은 듯 변했다.

뱀파이어들도 쉽사리 밖으로 나가지 못했고, 다크 엘프 전사들도 쉽사리 안으로 들어오지 못했다.

그렇다고 전쟁이 멈춘 것은 아니었다.

쐐애애액!

다크 엘프 전사들은 활을 날려 공격했고, 뱀파이어 병사들도 활로 맞대응을 하고 있었다.

"오지 않으니 갈 수밖에."

야현이 빛의 경계로 걸음을 내디뎠다.

"마치 본인을 위한 무도회 같군."

빛의 경계를 넘을 수 있는 건 진혈족뿐.

야현의 뒤로 갑옷 차림의 진혈족이 따라 나섰다.

"축제에 피가 빠질 수는 없지."

야현의 손에 야월이 들렸다.

"크크크크크."

야현은 야월의 검면을 혀로 핥으며 빛의 경계로 들어섰다.

* * *

따사로운 햇살이 나뭇잎을 뚫고 야현의 몸을 감쌌다.

따뜻하다.

향기롭고 아름다운 장미에 뾰족한 가시가 있듯, 햇살은 칼날처럼 야현의 몸을 베는 듯했다. 야현은 고개를 들어 나뭇잎 사이로 부서지는 햇살을 바라보았다.

심상을 베어도 야현은 햇살이 좋았다.

쐐애애애액!

잠시의 여유가 하나의 화살로 깨어졌다.

턱.

야현이 바람을 가르고 날아온 화살을 가볍게 낚아챘다.

야현은 화살을 바닥으로 툭 떨구며 고개를 들어 어두운 숲을 쳐다보았다. 야현의 검은 눈동자가 붉게 변했다.

"언제나 축제나 파티에는 그 시작을 알리는 소리가 있는 법이지."

야현은 야월을 어깨높이로 천천히 들어 올렸다.

"시작을 알렸으니 응당 놀아 줘야 하는 법."

후우우우웅!

야월에 검붉은 강기가 맺혔다.

"본인은 격하게 놉니다."

야현은 하얀 송곳니를 드러내며 히죽 웃음을 드러냈다. 그리고 앞으로 크게 발걸음을 내디뎠다.

쾅!

지축이 울리고 나무가 흔들려 나뭇잎이 우수수 떨어져 내렸다. 소나기처럼 떨어지는 나뭇잎 사이로 어두운 빛이 날아갔다.

서걱!

살과 뼈가 잘리는 잔혹한 파음이.

"으아악!"

죽음의 단말마를 불러왔다.

"이제 놀아볼까?"

야현은 빛과 어둠의 경계에 발을 들이며 몸을 낮게 숙였다.

"크크크크!"

야현의 몸을 내력이 휘감았다. 어둠의 기운과 전진의 기운이 합일된 어둡고 은밀하면서도 청아한 내력이었다.

"크하아앗."

내력의 충만함을 느끼며 야현은 흉소를 터트렸다.

콰르르르르.

땅거죽이 야현의 몸에서 폭사되는 기운을 이기지 못하고 터지기 시작하더니 그 기운에 휩쓸려 사방으로 몰아치기 시작했다.

"크크크, 그래 이 느낌이야. 이 느낌!"

야현은 터질 듯 끓어오르는 기운을 야월에게로 밀어넣었다.

쿠오오오오오오!

야월 역시 흉포한 검명을 터트리며 날카로운 이빨, 강기를 드러냈다.

문제는 그 크기였다. 야월의 검날이 흡사 서서히 몸집을 키우는 것처럼 커지는 것이 아닌가.

단순히 검이 커지는 것이라면 모르겠으나, 강기, 오러가 커지는 것은 문제라면 엄청난 문제였다.

"헉!"

짧은 기겁성은 단지 시작일 뿐이었다.

"어, 어찌 뱀파이어가 오러를……."

영생의 존재이며, 인간의 육신을 가졌으되 육신의 한계를 뛰어넘은 이들이 바로 뱀파이어다. 거기에 다른 이종족과 달리 좀 더 근원에 가까운 어둠의 기운마저 부리는 종족이다.

그런 그들이 어둠 속에 은거한 이유는 여럿 있겠으나, 그중 하나를 대라고 한다면 그건 바로 마나를 가질 수 없는 죽은 육신을 가졌다는 것이다.

태양 빛과 더불어 뱀파이어의 최악의 단점이라는 소리다.

아니, 태양 빛이라는 약점은 진혈의 피로 지워낼 수 있다지만 마나는 진혈족이라 하여도 가질 수 없다는 것이 정설이다.

그런데!

그런데!

구오오오오오오오……

눈앞에 선 뱀파이어의 새로운 왕.

영생하는 종족의 특성상 새로운 왕도 놀라울진대, 마나라니! 마나라니!

더욱이 그가 만들어낸 오러, 검강은 일 장(丈)을 넘어서 이 장에 가깝다.

인간 기사들, 그리고 그중 정점에 선 마나 마스터의 전유물이라고 할 수 있는 오러라고 해도 5미터에 달한다는 말을 들어본 적이 없다. 전설 속에 그려지는 영웅이라는 이들의 일대기에서도 없었다.

"어, 어찌……."

"뱀파이어가 어떻게……."

동시에 몇 마디가 튀어나왔지만 마무리 짓지 못했다.

그들을 엄습해 오는 야현의 검강 때문이었다.

"피, 피해……."

"헙!"

"허억!"

선두에 서 있던 다크 엘프 전사 몇은 서둘러 자리에서 피하며 소리쳤다. 그러나 폭풍우를 피할 수 없는 것처럼, 그들은 야현의 검을 피할 수 없었다.

서걱!

다크 엘프 전사들의 몸이 갈리고.

푸학!

갈라진 몸에서 피가 터졌다.

우지끈— 콰당!

더불어 거대한 나무도, 힘차게 뻗어 나온 굵은 나뭇가지도 가차 없이 베어져 쓰러졌다.

"으아아악!"

"크아악!"

야현이 만들어낸 검의 궤적은 피를 부르는 혈우이며 혈풍인 피의 폭풍우였다.

"쏴라! 활을 쏴라!"

숲 저 뒤에서 세월의 흔적이 담긴 목소리가 걸걸하게 터졌다.

족장이나 장로쯤 되리라.

쐐애애— 쏴아아아아!

그의 명에 수십, 수백 발의 화살이 야현을 향해 날아왔다.

그저 평범한 화살이 아니었다.

마법의 기운이 담긴 화살이었다.

씨익—

야현은 눈앞을 가득 채우는 화살에 오히려 미소를 드러냈다.

콰과과과과과과광!

화살이 야현의 몸에 틀어박히며 엄청난 폭발을 일으켰다. 한두 발도 아니오, 수십 발도 아닌 수백의 화살이 야현의 몸에 박히며 폭발한 것이었다.

그 위력이 얼마나 지독했느냐면 야현이 서 있던 주변을 완전히 황폐하게 만들 정도였다.

자욱한 먼지와 시커먼 연기가 뒤섞여 시야를 가렸다.

휘이잉!

낯선 바람이 그 먼지와 연기를 휘감아 하늘로 사라졌다.

"……!"

"헉!"

먼지와 연기가 걷히고 오연하게 서 있는 야현의 모습에 숲 곳곳에서 기겁성이 터졌다. 아무 상처 없이 서 있는 것은 그렇다 쳐도 옷 한 부분 찢어지고 헤진 곳이 없었다.

"좋군, 좋아."

야현은 몸을 두르고 있는 또 다른 강기, 호신강기를 마음껏 즐기며 혀로 붉은 입술을 핥았다.

사박.

그리고 걸음을 내디뎠다.

마치 유람하듯 가벼운 걸음으로.

"죽엇!"

초승달을 닮은 곡도의 칼날이 살심을 담은 목소리와 함께 야현의 머리 위로 떨어졌다.

다크 엘프 종족.

그들 역시 마나의 축복을 받지 못한 종족이었다.

"훗!"

야현은 가벼운 손놀림으로 야월을 휘둘렀다.

서걱!

다크 엘프 전사는 야현의 지척에 다가가기도 전에 야월이 내뿜는 5m에 달하는 검강에 양단되며 죽음을 맞이했다.

"우우우우우우우우!"

머리를 흔드는 기이한 저음이 숲 뒤에서 시작되더니 이내 합창처럼 여러 목소리가 숲에 가득 깔렸다.

주술사들이다.

그들의 합창은 끝나는 듯했지만,

"(&$%*&)(*)(&&*%^$%#^%^&%*^&(."

"(&$%*&)(*)(&&*%^$%#^%^&%*^&(."

"(&$%*&)(*)(&&*%^$%#^%^&%*^&(."

연이어 알 수 없는 기이한 말들이 마치 한 사람의 것인 것처럼 흘러나왔다.

그 울림에 야현이 미간의 주름에 빗금을 그었다.

귀가 아닌 머릿속으로 바로 파고드는 알아들을 수 없는 소리가 미약하지만 두통을 만들어 냈기 때문이었다.

그러나 문제는 그들이 만들어 낸 두통이 아니었다.

다크 엘프 전사들의 눈동자가 흰자위를 찾기 어려울 정도로 검게 변했다. 그리고 그들에게서 풍기는 투박하거 거친 기운이 스산하게 바뀌었다.

강림술.

마계수를 매개 삼아 스스로의 혼을 잠시 숨기고 마계 전사의 혼을 빌려 오는 주술이었다.

"끄으으으으!"

"흐으으으으!"

그 과정이 고통스러운지 다크 엘프 전사들은 몸을 꼬며 부르르 떨었다.

캉!

야현은 검강이 담긴 야월로 강림 중인 다크 엘프 전사의 몸을 베어 보았지만 알 수 없는 반발력에 오히려 튕겨났다.

"역시 안 되는군."

야현은 야월에서 검강을 거두고 어깨에 턱 걸쳤다.

"흐아아아."

"크흐으으으!"

다크 엘프 전사들의 몸도 서서히 변하기 시작했다.

키도 커졌고, 몸집도 불어난 것이었다.

"강림술 후 다크 엘프 전사들은 참으로 골치 아픈 존재가 되지."

말은 탐탁지 않다는 내용을 담고 있었지만 어째 억양은 흥분과 기대감을 담고 있었다.

"아쉬운 종족이야. 마계수라는 족쇄만 아니면 능히 이 세상을 어둠의 세상으로 만들 수 있는 종족이거늘."

어느 종족이든 약점 하나 없겠는가.

뱀파이어는 태양 아래 살지 못하며 그 어떤 마나의 축복도 받지 못한다.

하물며 인간도 매한가지.

고작 반백 년, 길어야 일백 년의 생이 그러하지 않은가.

"아무렴 어떤가?"

야현은 음산한 기운에도 아랑곳하지 않고 다크 엘프 전사의 무리 사이로 힘차게 뛰어들었다.

"크하하하핫!"

광오할 정도로 거친 웃음을 터트리면서.

* * *

콰!

다크 엘프 전사의 곡도에 야현의 걸음이 뒤로 밀려났다. 그 힘이 얼마나 억센지 손목이 시큰할 정도였다.

"크르르르."

야현은 야월을 움켜잡으며 송곳니를 드러냈다.

팟!

그리고 다시 다크 엘프 전사에게로 뛰어들었다.

콰앙!

야현의 일격에 다크 엘프 전사의 몸이 뒤로 주르르 밀려났다. 그의 목을 일격에 치려는 그 순간.

쑤아아아앙!

묵직한 파음이 야현의 뒷목을 노렸다.

야현은 빠르게 회전하며 날아오는 화살을 야월로 쳐냈다.

손목이 시큰했다.

그러나 그 시큰함을 느낄 사이도 없었다.

쐐애애애액!

몇 자루의 곡도가 야현의 몸을 노리고 들어온 것이었다.

쾅쾅쾅쾅쾅!

기파가 터지며 울창한 숲을 뒤흔들었다.

"쿨럭!"

야현은 뒤로 물러나며 썩은 피를 토해냈다.

고통이 야현의 입가에 미소를 만들었다.

다크 엘프 전사, 아니 그 껍질을 쓴 마계 전사라고 칭해야 하나? 어찌 되었든 다크 엘프 전사 하나, 하나는 쉽다. 문제는 그 수다.

"그래, 이 정도는 되어야 놀아 볼 재미가 있지."

야현은 입가에 묻은 핏기로 닦지 않고 신형의 무게를 아래로 낮췄다.

"마계에서 오신 분들, 이제부터가 시작입니다. 본인이 깔끔하게 돌려보내드리지요."

야현의 눈동자에 검붉은 기운이 들어찼다.

십단공, 이단!

야현의 몸을 가득 채우고 있던 내력이 폭주하듯 몸을 일으켜 세웠다.

오 갑자의 내력도 중원에서 찾기 힘든 내력이다.

하물며 서방 세계는 아마도 없을 것이다.

그러한 내력이 두 배가 되었다.

십 갑자.

이 정도 내력이면 무림 역사에서도 찾기 어려울 내력일 것이다.

"크크크크크크."

그 내력에 야현의 옷은 펄럭이기 시작했고, 머리카락도 내력이 만들어낸 바람에 하늘로 휘날렸다. 가뜩이나 흉폭한 기운인데 그 기운이 더욱 거칠어지고 강해졌다.

서슴없이 야현에게 덤벼들던 마계 전사의 혼, 다크 엘프 전사들도 움찔하며 쉽사리 달려들지 않았다.

"#&%$%#^$^#%$."

그의 뒤로 주술사의 목소리가 들려왔다.

문득 알아들을 수 없는 그 말이 마계어가 아닌가 하는 생각이 들었다. 그러나 생각은 아주 잠시뿐이었다.

마계어면 어떻고 아니면 어떤가?

지금 해야 할 일은 오로지 하나.

살육!

저들을 죽이는 것이다.

죽이는 것은 쉽다.

그냥 죽이는 것도 아닌 일방적인 살육을 펼쳐야 한다.

천마를 이기기 위해서는 반드시, 반드시!

"크크크크크크."

야현은 흉폭한 웃음을 터트리며 야월을 다시 들어 올렸다.

*　　*　　*

"뱀파이어가 마나라니……."

다프니 대족장의 얼굴이 일그러졌다.

그깟 뱀파이어들이 쳐들어온다고 하여 대수롭지 않게 생각했었다. 물론 그들이 진혈족인 이상 어느 정도 피해는 각오하였지만 말이다.

쳐들어온 뱀파이어 군대의 수가 생각보다 많아 적잖게 당황했지만, 충분히 이길 수 있을 거라 여겼다.

이곳은 자신들의 터였고, 전장이었다.

자신들의 땅에서 진다는 것은 상상할 수 없는 일.

그런데 새로운 왕이라는 자는 뱀파이어 일족이 맞는지 의심이 들었다. 인간의 전유물이라 여긴 마나를 이용한 오러를 만든 까닭이었다.

섬뜩함이 등골을 파고들었다.

그래도 대족장은 어렵지 않게 당황에서 벗어날 수 있었다.

전장을 살펴보니 오러를 다스리는 이는 새로운 왕이라는 자밖에 없었다. 그것을 보자 어째서 영원할 뱀파이어 왕국의 왕이 새롭게 바뀌었는지 납득이 되었다.

저자만 죽이면 전쟁은 끝이다.

생각 이상으로 강했지만 그것도 문제는 아니었다.

"주술사들은 전사들의 혼을 깨우라."

그 명에 다프니 족 주술사들은 마계수의 힘을 빌어 전사들의 육신에 마계 전사들의 혼을 불어넣었다. 더불어 마계의 마기까지도 함께.

진정한 다크 엘프 전사들이 눈을 뜬 것이었다.

그들을 바라보는 대족장의 눈에는 자랑스러움과 동시에 아쉬움이 동시에 담겨 있었다.

일만의 전사 중에 마계 전사의 혼을 담을 수 있는 수는 고작 삼백 남짓.

그 수가 일천 명만 되어도 다크 엘프 족의 통일은 물론, 더 나아가 이름뿐인 왕국이 아닌 진정한 일국도 세울 수 있을 것이다.

"그게 어디 쉬운 일인가?"

어차피 오랜 옛날에 훌훌 털어버린 집념이다. 대족장은 쓸데없는 잡념을 털고 다시 전장으로 시선을 가져갔다.

패배를 모르는 전사.

자랑스러운 전사들이…….

죽어 가고 있었다.

부릅떠진 눈에 믿을 수 없는 상황이 펼쳐지고 있었다.

야현의 키보다 한 배 반가량 큰 다크 엘프 전사가 거무튀튀한 기운이 일렁이는 곡도로 야현의 배를 베어왔다. 야현은 검강의 크기를 줄이는 동시에 더욱 강하게 응집시키며 다크 엘프 전사의 곡도를 맞부딪혀 갔다.

차장창창창창!

마기를 담은 곡도가 흡사 유리처럼 산산이 부서졌다.

곡도가 부서질 줄 몰랐던 듯 마계 전사의 혼을 담은 다크 엘프 전사는 두 눈을 부릅떴다. 그런 그의 눈에 야현의 사악한 미소가 눈에 들어왔다.

"마계의 대리인이라고 부른다지요?"

혼이 바뀐 다크 엘프 전사에게 그 말이 들릴 리 만무할 터, 그럼에도 야현은 상냥한 목소리로 말을 이어갔다.

"그 피 맛이 궁금하였는데, 본인에게 주심이 어떤지요?"

야현은 맹수처럼 날카로운 송곳니를 드러내며 다크 엘프 전사의 목을 물었다.

"크아아아아—."

목이 물린 다크 엘프 전사는 몸을 부르르 떨며 고통에 찬 비명을 내질렀다. 그러면서 야현을 떨쳐내기 위해 거칠게 몸부림쳤다.

차악!

그 힘이 가볍지 않아 야현은 그의 목 살점을 입에 머금은 채 그의 목에서 떨어질 수밖에 없었다.

"퉤!"

야현은 살점을 내뱉으며 피로 더욱 붉어진 입술을 혀로 핥았다.

"맛있어."

그 어느 피보다 달콤했다. 어둠의 기운보다 더욱 순수한 마계의 기운 때문인지 모른다.

"그런데 독이야."

너무나도 순수하게 어두워서다. 자신의 힘은 어둠의 기운뿐만 아니라 정심한 전진의 내공도 기반으로 한다. 그 내력이 흔들릴 정도로 마계의 기운은 한없이 어두웠던 것이다.

많지 않은 피를 마셔서 다행이지 자칫 다크 엘프 전사가 몸부림치지 않았다면 그 피 맛에 현혹되어 정도를 지나칠 뻔했다.

지금도 육체 내에서 날뛰던 마계의 기운을 겨우 달래 어둠의 기운으로 감싸 흡수하고 있었다.

"후후후."

드러난 포악한 기세와 달리 내부는 텅 빈 것만도 못할 정도로 아슬아슬한 싸움이 이어지고 있었다.

절체절명의 순간.

그 순간임에도 야현은 오히려 더욱 진한 미소를 지으며 그들 속으로 한 걸음 내디뎠다.

허장성세(虛張聲勢).

하지만 자연스럽고 당당한 정도가 아니라 너무나도 오만하게 보일 정도로 오연한 행동에 다크 엘프 전사들은 오히려 움찔하며 뒤로 물러났다.

스으윽—

야현은 야월의 검극을 바닥에 내렸다.

그리고 천천히 바닥을 긁으며 다시 걸음을 내디뎠다.

"크크크크크."

서너 걸음 내디뎠을까.

갑자기 야현이 스산한 웃음을 터트렸다.

짧게 감겼다가 다시 떠진 눈.

검붉은 안광이 폭사되었다.

내부의 싸움이 끝났다.

그렇다면 다시 시작이다.

살육의 시간이.

* * *

"ㅇㅇㅇㅇㅇ."

대족장의 눈에 핏발이 들어섰다.

핏발 선 눈 끝에는 야현이 있었다.

그의 주위로 피바람이 불었다.

늑대 사이에 선 사자의 모습인가?

아니, 사자야 맹수 중의 맹수라고는 하지만 기껏 짐승에 지나지 않는 미물일 뿐이다.

오우거.

몬스터 중의 몬스터.

최상위 포식자.

무지막지한 살육자.

현재 야현의 모습은 오우거였다.

화려한 검초도 없었다.

단순하기 이를 데 없는 검초로 막는 건 부수고, 생명을 가진 것은 베었다. 포악한 오우거가 닥치는 대로 주변의 것들을 살육하는 장면이 대족장의 머릿속에 떠올랐다.

그렇게 허망하게 자랑스러운 다크 엘프 족의 전사, 마계의 혼을 이은 전사들의 육신이 찢기며 죽어가고 있었다.

"……."

무어라 명령을 내려야 하지만 머릿속은 백지장처럼 하얗게 변한 오래였다.

그런 그의 앞에 피로 흠뻑 젖은 야현이 섰다.

히죽.

송곳니를 드러내며 웃었다.

"흐읍."

그 미소에 정신을 차린 대족장은 저도 모르게 뒷걸음치다 엉덩방아를 찧으며 주저앉았다.

"모, 모두 죽일 참이오?"

대족장은 그의 뒤로 이어진 혈로, 그 길 위에 쌓인 전사들의 시신을 빠르게 일견하며 흔들리는 눈으로 물었다.

살아야 한다.

어떻게든 살아남아야 한다.

그래야만이 복수를 할 수 있다.

그런 마음을 저 깊은 가슴속에 감추며 가면을 썼다.

비굴한 가면을.

대답 대신 야현은 더욱 섬뜩한 미소를 지었다.

"사, 살려 주신다면 제국의 첨병으로…… 큭!"

야현은 횡설수설 말을 더듬는 대족장의 어깨에 야월을 얹었다.

"아쉽지만 모두 죽을 것입니다."

"……!"

"그리고 다프니 족은 이 땅 위에서 지워질 것입니다."

"어, 어찌! 어찌하여!"

"그러는 편이 다크 엘프 왕국을 좀 더 손쉽게 꿇릴 수 있기 때문입니다."

야현은 왼손으로 머리를 쓸어 올리며 화사한 미소를 지었다.

"참으로 본인은 관대하고도 친절하지요? 그냥 죽여도 되는 그대에게 이리 친절히 설명을 하는 것을 보면."

"이, 이익!"

"크하하하하하하!"

야현은 대족장의 목을 베는 동시에 광오한 웃음을 터트렸다.

"죽여라! 한 놈도 빼놓지 말고!"

야현의 명에.

"진군하라!"

"모조리 죽여라!"

힉스 공작과 헤크 공작의 명이 숲을 뒤흔들었다.

〈다음 권에 계속〉

DREAMBOOKS

DREAMBOOKS